COSAC

No mar
Toine Heijmans

Tradução Mariângela Guimarães

Para Elsa
Para Michiel

Não há razão para se arriscar...
Última frase do diário de bordo do velejador solitário
Donald Crowhurst, 1969.

Ele foi o arquiteto de sua própria ruína.
Tentou fazer algo que saiu desastrosamente errado.
Seu filho, Simon Crowhurst,
em entrevista ao jornal britânico *The Times*, 2006.

[1] **Não tinha visto as nuvens. Devem ter se juntado pelas** minhas costas. Devem, por algum comando, ter sido puxadas para frente. Lá estão elas agora, suspensas em fileira diante da proa. Como seixos espalmados, cinza-ardósia, pairando no céu. Um gigantesco móbile de nuvens, como o que antes pendia sobre o berço dela.

As nuvens escurecem a manhã. Tiram a luminosidade do mar. Por horas a lua clareou as ondas e velou o barco como uma lâmpada noturna. Mas agora a luz se apagou e estou entregue à minha própria sorte.

Tem que amanhecer. Tem que surgir mais luz.

Mas vai ficando mais e mais escuro, como se o barco navegasse de volta para a noite. Como se houvesse uma escolha: para trás ou para frente. De volta, em direção ao começo da viagem, ou adiante, em direção ao fim. Não há escolha, no entanto. Já não sou eu o comandante.

Preciso olhar a carta náutica. Também preciso beber alguma coisa, mas não consigo encontrar a garrafa térmica com chá. E por que a bússola não funciona? Por que preciso pensar sobre coisas que normalmente faço sem pensar?

É como se as nuvens estivessem suspensas por linhas de pesca: enormes formas ovais flutuantes. Vai vir chuva. É o que dizem estas nuvens. E com a chuva vem o vento, em rajadas violentas. Isso tudo é ao mesmo tempo previsível e imprevisível.

Primeiro devo recolher as velas, por segurança. O vento pode causar estragos. Depois tenho que me preocupar com a tempestade, à espreita nas nuvens. Ouço os rugidos mais ao longe. Logo cai um raio, em traços compridos, em busca de um ponto para atingir.

Ouvi, pelos portos do caminho, várias histórias sobre isso: veleiros atingidos por raios. Eles racham ao meio. Pegam fogo. O raio atinge a ponta do mastro e um milissegundo depois chega à quilha, e tudo, tudo a bordo é destruído.

Eram sempre as mesmas histórias, recontadas por pessoas diferentes. Não conheço ninguém que realmente tenha sido atingido por um raio. Por que meu veleiro interessaria a um raio? Ele é muito pequeno; o mastro não se alça quinze metros acima da água. Uma gota no oceano. Não faz sentido atingir o meu barco. Meu barco é insignificante.

Entro na cabine para procurar o celular. A cozinha do veleiro está equipada com um forno e preciso colocar o telefone dentro dele. No porto de Thyborøn encontrei um pescador que também fazia isso sempre. O raio nem precisa cair no barco para danificar as coisas, ele disse. Basta a descarga elétrica de uma tempestade para que as coisas estraguem: *everything breaks down, you know*. Só o forno é seguro. É uma gaiola de Faraday. O único lugar onde nada de fora penetra.

Eu mesmo deveria me enfiar no forno. Assim eu desapareceria de tudo à minha volta. Mas isso é impossível. Não estou sozinho no barco. Minha filha está comigo, dormindo. Tenho que fazer com que continue dormindo até a tempestade passar. Até chegarmos. Então a terei levado com segurança pelo mar, da Dinamarca para casa. Então tudo terá saído como eu tanto queria.

Coloco o celular no forno. Não sei se será útil, mas, de qualquer forma, me ajuda a raciocinar. Enquanto ainda consigo pensar em colocar o telefone no forno, tenho tudo sob controle.

A bordo é preciso ser metódico e organizado, isso dá tranquilidade. As amarras à esquerda no paiol de âncora. Café às oito horas. Botas no camarote de proa. Anotar regularmente a posição no diário de bordo. Ouvir a previsão do tempo pelo rádio VHF. Arriar a bandeira depois do pôr do sol. Sob ameaça de tempestade, colocar o celular no forno.

Sobrevive-se graças à rotina. Quando algo não vai bem, é melhor saber exatamente onde cada coisa está. Sem rotina, os pensamentos tropeçam uns nos outros. Pensa-se em tudo ao mesmo tempo. Nas nuvens, no forno, no café, nas botas, na bandeira. No diário de bordo e nas amarras. Na filha que dorme no camarote de proa.

Quando você não consegue mais raciocinar com clareza, o mar te arrasta com ele.

[2] **Thyborøn ficou para trás há quarenta e quatro horas.** São duzentas e trinta milhas náuticas de distância. O percurso de lá até aqui já não importa. O importante agora é manter tudo inteiro.

Tudo ainda está intacto. O barco está lindo. Convés arrumado. Velas altivas. A cabine é baixa; consigo ficar em pé por pouco. Pelas pequenas vigias vejo o mar, como se eu fizesse parte dele. Como se estivesse nadando.

A cabine é tão pequena que posso me firmar com pés e mãos em caso de tempo ruim. A cozinha está localizada a bombordo e tem um fogão basculante de uma boca, com forno embaixo, que oscila para a frente e para trás com o balanço de cada onda. O fogão tem pernas de marinheiro. Assim se consegue cozinhar durante uma tempestade.

Um cheiro de coisa velha está impregnado na cabine. Posso encontrar tudo às cegas: as cartas náuticas abertas sobre a mesa de navegação, o macacão salva-vidas no gancho. Ele é todo acolchoado, vermelho, à prova d'água, e deve me manter vivo por algumas horas se eu cair no mar. Antes, estava pendurado num ganchinho no camarote de proa. Coloquei em outro lugar porque Maria pediu. Ela tinha pesadelos com aquele macacão. Pensava que era um cadáver balançando ao lado da sua cama.

Crianças não diferenciam sonho de realidade. Seria bom se adultos também fizessem isso às vezes. Para mim, a realidade também pode ser um sonho. E vice-versa.

Na primeira noite de nossa viagem no mar, Maria apareceu de repente na porta da cabine, um espectro.

"Não consigo dormir. Tudo estala e range", ela disse.

"Eu também sempre passo por isso na primeira noite no mar", comentei.

"Posso ficar com você?"

"Amanhã. Primeiro vá dormir. No mar, é importante que você durma bem."

"Mas então primeiro você precisa tirar aquele morto de lá. Aquela coisa pendurada dá medo."

"Vou tirar."

Tirei o macacão do gancho e pendurei em outro lugar. Levei Maria de volta ao camarote de proa, coloquei-a sob as cobertas e entoei canções que cantava quando ela era bebê. Ela pegou no sono.

Naquela noite, ainda acordou uma vez. Na segunda noite, não mais.

Maria é uma criança forte. Foram poucas as vezes que a vi com medo. De qualquer forma, ela não conhece o medo adulto, que esmaga os miolos da gente. Medo de criança é diferente. É fácil de espantar. Como uma lâmpada que você acende e apaga: você canta uma musiquinha ou inventa uma história, aí ela ri e logo dorme.

Medo mesmo a gente só sente mais tarde.

Agora ela está dormindo e eu preciso lutar contra meus próprios medos. Tenho que permanecer tranquilo. Se estou tranquilo, Maria também se sente tranquila. Funciona assim com as crianças.

Saio da cabine, seguro o leme e olho para o mar e para a noite. As nuvens de ardósia ficam mais baixas. Colocam-se a postos, como soldados. Não é um cenário bonito. Logo vai cair uma tempestade, agora tenho certeza.

Preciso deixar sua roupa impermeável pronta para quando ela acordar e sair do camarote. Vou ter que explicar a ela que a última parte do trajeto para casa vai ser um pouco difícil. Um pouco agitada. O barco vai se inclinar, ela vai ser obrigada a se segurar. Mas ela vai entender. Vai é me perguntar se dá enjoo.

Faz frio lá fora. Olho para o céu. Devo tomar uma decisão. Continuar navegando pode ser perigoso. A tempestade pode me arrastar para um dos bancos de areia que estão aqui à minha volta, por toda parte, invisíveis, como baleias adormecidas. Pego a carta náutica e olho os baixios, os canais, os bancos, a ilha que já não está longe. Há muitas embarcações naufragadas indicadas no mapa.

Quero ir para casa.

Não posso deixar Hagar esperando mais tempo. Deve estar preocupada e com saudade da filha. Pode ser, talvez, que também esteja com saudade de mim. Faz tempo que eu não desejava Hagar tanto assim.

Seria normal estar cansado, mas não me sinto assim. Duas noites sem dormir me deram uma lucidez em que não posso confiar. Me sinto bem demais. Estou forte demais. As coisas correm fáceis demais. Vejo tudo, mas vejo tudo por uma janela de acrílico arranhado. Sinto tudo. Me lembro de tudo. Em casa, nunca fui muito bom em pensar com antecipação, e aqui não faço outra coisa. Celular no forno. Deixar o diário de bordo à mão. Decidir. É um jogo de xadrez no mar. Com Maria, um grande sacrifício está a bordo.

Esta noite ouvi uma voz de criança. A voz não era de Maria. Não consegui entender. Mas estava lá. Fui ao convés para procurar, olhei na esteira do barco, mas não havia criança alguma à vista. Talvez eu só tenha ouvido meus próprios pensamentos.

Penso demais. Preciso manter a rotina e tomar uma decisão. Esperar a tempestade aqui ou navegar depressa para casa.

Tomo uma decisão.

"Vamos ficar esperando aqui", digo a mim mesmo em voz alta. "Paro o barco e se precisar jogo uma âncora. Assim que começar a amanhecer, continuamos. Nada de cometer erros no final. Você está cansado, mesmo que não sinta. Vê coisas que não existem, ouve vozes de criança. Tem que ficar alerta. Você prometeu."

As nuvens agora pendem tão baixas que nem consigo mais ver a ponta do mastro. O mar continua manso. Não preciso clipar o cinto de segurança, o barco prende a respiração. A água parece concreto solidificado. As nuvens achataram o mar, sugaram o vento. As velas pendem inertes no mastro. Tenho que baixá-las e ligar o motor, para quando a tempestade chegar, daqui a pouco. Mas levo um tempo até me decidir a fazer isso.

Primeiro olho para as ilhas. Estão próximas. Já as vejo ali adiante: pequenas colinas na água. Surgem escuras contra o horizonte. Como se recortadas em cartolina preta por uma criança e coladas na noite.

Ainda está tudo calmo, mas daqui a pouco vem o vento.

Sim, é o melhor a fazer agora: ficar no mar e esperar até que o vento venha e de novo vá embora. Aqui meu veleiro tem espaço. Aqui ele pode rodopiar o quanto quiser, sem encalhar. Um barco que encalha está perdido. É cada vez mais empurrado para a terra pela arrebentação e, quando já está suficientemente destruído, a água se retrai, em busca de uma nova presa.

Vejo cinco faróis. Cada ilha possui um. A luz dos faróis gira imperturbável, quase cobiçosa. Cinco fogos-fátuos querendo tragar meu barco. Venha cá, dizem. Não, você tem que ficar aqui. Aqui a vida é melhor do que lá.

Há faroleiros trabalhando aqui. Sei que eles me veem com seus radares, com seus binóculos. É possível que já tenham me traçado nas telas de seus radares, um ponto com o nome do meu barco. *Ishmael, veleiro, indicativo de chamada de rádio PB3356*. Talvez o faroleiro tenha feito uma anotação para aquele que daqui a pouco assume o turno da noite. Num daqueles papeizinhos amarelos adesivos. A lápis, para que ele possa apagar.

Iate parado acima do estreito de Stortemelk. Ficar de olho.

Anotar tudo o que não é normal. Isso com certeza os faroleiros aprenderam.

[3] **Se meu barco ficar assim, parado, próximo à ilha, um** faroleiro vai me chamar pelo VHF para perguntar qual é a intenção. E daí, respondo ou não?

Fiquei fora de vista por quarenta e quatro horas e agora o mundo volta a me puxar para dentro. Com tudo de que dispõe. Com faróis, radares, binóculos, luzes de alinhamento, boias, VHF, celulares, binóculos de visão noturna. Com os olhos de águia dos faroleiros. Por fios sem fio, eles me puxam para a terra. Queira eu ou não. Todos juntos, eles simplesmente me içam para fora. E se os homens não fazem isso, a maré faz. A maré logo vai sugar meu veleiro para dentro do estuário entre Terschelling e Vlieland. A água vai me impelir por depressões e fendas. É assim. Não se pode velejar para sempre; chega um momento em que querem você de volta à terra. Foi assim também que combinei com Hagar: eu volto, de qualquer jeito.

Se não fizer como combinado, eles arrastam meu barco para dentro. De volta às pessoas e suas coisas. Um barco pode zarpar, mas no fim tem que retornar a um porto. O mundo é assim. Os únicos barcos que permanecem no mar são os que naufragaram.

Além do mais, já estou fora há tempo suficiente.

Tive longas conversas com Hagar sobre o porquê de querer levar Maria comigo. "Quero ensinar algo para a Maria", expliquei a Hagar. "Quero ensiná-la que também se pode viver de outra forma. Que não é preciso ser uma marionete se a gente não quiser. Nenhum boneco manipulado por outros, por situações, pelo que é aceitável ou de bom-tom. Ou normal. Quero mostrar a ela que existe um outro mundo, com outras regras. Quero ensinar a ela como é viver no mar."

Eu mesmo achei aquelas palavras bastante exageradas, mas funcionaram. Hagar resistiu por um bom tempo ao meu plano, mas de súbito Maria podia vir comigo.

Hagar disse: "Não exagere com essa história de marionete. Você quer é fazer uma coisa especial com a sua filha, então por que não diz logo? Claro que eu entendo isso".

Hagar, a mãe. Minha mulher. Ela não está longe de mim. Poderia ligar para ela agora, ou enviar uma mensagem. Deve haver conexão com uma torre GSM na orla. Em todos estes faróis há torres GSM. Tem que ter, há tantas antenas em cima.

Poderia tirar o telefone do forno, mas a bateria está quase acabando. Eu o deixei ligado a viagem inteira, até quando não havia sinal. Uma hora depois de sair do porto de Thyborøn já apareceu "sem serviço" na tela, e mesmo assim não desliguei o aparelho. Por preguiça, talvez. Não foi muito sensato.

De vez em quando a gente faz coisas que sabe que seria melhor não fazer. Mas faz assim mesmo. Já me perguntei bastante por que é desse jeito.

Às vezes faço um lais de guia sabendo que não vai aguentar. Mas, apesar disso, deixo como está. Quando o nó se desmancha, a culpa é só minha. Ninguém mais foi responsável por fazer o lais de guia. E enquanto ele se solta, eu penso: viu só? Não foi bem feito. Eu sabia. E na próxima vez, faço a mesma coisa.

Entro de novo na cabine, abro o forno e pego o telefone. Tem sinal. Uma luzinha vermelha no celular começa a piscar e logo ouço os toques: um SMS, um e-mail, uma mensagem na caixa postal — quero desligar o aparelho para não ser lembrado do lugar onde vivo, o lugar onde todo mundo manda

SMS e e-mails e deixa mensagens na caixa postal, o lugar feito de milhões de luzinhas que piscam em milhões de celulares.

Olho para a tela.

Na lista de SMS's tem um de casa. É o único que leio. A mensagem foi enviada três horas depois de nossa partida do porto de Thyborøn.

De: HAGARcel
Tudo bem aí? bj H

Gotas de chuva caem no visor pela abertura da cabine. São pingos fininhos, quase uma neblina ainda. Subo a escada e olho para fora. O barco está envolvido por uma tênue névoa. O mar está mais liso do que nunca. Não vejo mais a ilha, mas vejo a luz do farol. É uma luz pálida, como se alguém estivesse acenando com uma lamparina.

Olho para a tela do celular.

Escrevo um SMS.

Para: HAGARcel

10 milhas acima Tersch. Espero amanhecer. Td bem a bordo, mas chove, ETA Harlingen 12h. Mta diversão jts. Bjs

Chega uma resposta imediatamente. Hagar deve estar com o celular ao lado da cama. É possível que tenha ficado acordada a noite inteira. E a noite passada também. Talvez tenha lido um livro sem realmente ler, olhando o telefone a cada cinco minutos para ver se chegava uma mensagem minha. Com certeza ficou preocupada e foi ler um livro para afugentar a angústia com outra história. Me pergunto se conseguiu.

Hagar é uma mulher forte, mas às vezes quer parecer mais forte do que é. De agora em diante, devo ter isso em mente quando fizer planos.

Nunca reflito bem sobre as coisas.

E, se reflito, frequentemente é tarde demais. Tal como aconteceu com o lais de guia.

Se quero alguma coisa, se quero levar Maria comigo para o Mar do Norte, eu levo. Então descarto todos os argumentos de Hagar e do resto do mundo usando tudo o que eu conseguir inventar na hora. Queria levar Maria para o mar. Pai e filha. Da Dinamarca para a Holanda, de Thyborøn para casa. Quarenta e oito horas livres do mundo. Foi mesmo um plano extraordinário. Existe algo mais extraordinário do que velejar pelo Mar do Norte com a própria filha? Tudo correu bem, foi um lindo passeio, mas não dá para saber isso de antemão. A gente só sabe depois. No fim das contas, para mim também é um alívio que tudo tenha dado tão certo.

Hagar prometeu a si mesma que não complicaria as coisas, que não bancaria a mãe chata. A mãe que por toda parte vê perigos para a filha e para a família. A mãe que tem medo de sujar a roupa.

E quando ela se propõe a fazer uma coisa, cumpre, mesmo que sofra com isso. Decisão é decisão.

O que Maria mais queria era ir comigo para o mar. Imagino como foi a despedida. Não deve ter sido fácil. Hagar preparando a mala. Maria correndo pela sala, gritando "vou encontrar com o papai, vou encontrar com o papai". Hagar levando Maria ao aeroporto.

Quando voltou para casa, viu-se sozinha.

Acho que Hagar deve ter se sentido mal durante vários dias, sem que ninguém percebesse. Talvez ela ainda se sinta mal. Posso compreender isso. Ela entregou a filha a mim, seu marido. Entregou seu bem mais precioso a alguém em quem confia, mas que também não sabe antecipadamente como tudo vai terminar, pai e filha juntos no mar. Para Hagar, deve ser como se ela tivesse colocado a filha num frasco e lançado ao mar na costa da Dinamarca. Mensagem numa garrafa, e só resta torcer para que com sorte chegue a alguma praia.

A filha está no mar, fora do alcance de seus braços e de seus olhos. Isso certamente a deixa febril. Eu sei, ela deve ter tomado paracetamol contra a dor de cabeça. Hagar tem dor de cabeça até quando Maria vai dormir na casa de uma amiguinha.

Mas é tarde demais para me sentir culpado. Trouxe Maria comigo e agora tenho que fazer com que valha a pena. Tenho que mostrar a Hagar que ela se preocupou à toa.

É impossível para um pai compreender o quanto uma

mãe é apegada à sua filha. Quando se trata dos filhos, as mães pensam diferente dos pais. Desde muito jovem, Hagar queria ser mãe. Ela guardou suas bonecas de infância para Maria. Eis o segredo das mães: primeiro ganham bonecas que pertenciam à mãe delas, e então querem ter as próprias bonecas, e depois ter filhos e filhas, e estas ganham novamente bonecas. E filhos. Com bonecas. E assim as gerações vão se sucedendo.

De todo modo, fiz o que queria. Trouxe minha filha comigo. Isso também foi uma decisão; e, ao tomar uma decisão, é preciso seguir em frente. Foi uma boa decisão. Foi um passeio fabuloso, por um maravilhoso Mar do Norte. Ali, um pouco mais adiante, já está a ilha de Terschelling.

"Já não estamos longe de casa", digo a mim mesmo. "Agora é só manter a cabeça no lugar por mais um tempo. É só esperar e ver o que as nuvens fazem. Nada mais."

Um toque vem do celular. É um SMS.

De: HAGARcel
Ok. Divirta-se.

[4] **O barco começa a balançar. O macacão salva-vidas** desliza num lento vaivém pela divisória de madeira onde o pendurei. Deve ser o vento que faz o barco balançar. É, começou a ventar.

Coloco o celular de novo no forno e vou para o convés. Um navio de cabotagem passa lentamente por trás do barco; uma sombra com luzes de navegação. Eu não o tinha visto. Devia ter prestado mais atenção. Preciso me ater à rotina: a cada dez minutos checar se há outros barcos.

A água não está mais lisa, já começa a ficar irrequieta. Surgem vincos, como rugas numa testa. Não posso esquecer como isso aqui é bonito, nem que as coisas correram bem. Devo guardar tudo na memória e lembrar para sempre. Maria e eu. Mais um pouquinho e amanhece. Mais um pouquinho e meu cansaço se dissolve na luz do dia. Então poderei de novo enxergar direito. Raciocinar direito.

No horizonte, uma tênue claridade. Ali termina a noite. Nem mesmo as nuvens podem conter a manhã. Quando o sol voltar a brilhar, vou acordar Maria. Vou dar uma fatia de pão com chocolate granulado para ela. Pão de leite. Vou mostrar as focas nos bancos de areia. Vou deixar que assuma o leme; ela vai pilotar o barco até Harlingen com a maior facilidade. Não posso me esquecer de pendurar o cordão com bandeirinhas que coloquei no armarinho de boreste. Assim o barco vai ganhar um ar festivo quando estivermos chegando ao cais: festivo, altivo e sem medo de nada. Também não posso me esquecer de pentear o cabelo de Maria e prendê-lo com um elástico. Roupas limpas. Talvez tenha que dar uma lavadinha no rosto dela. Ela precisa estar como se nada demais tivesse acontecido. Tem que parecer radiante.

Estou no cockpit do barco e vejo que as nuvens ovais desapareceram. Foram empurradas umas contra as outras até virarem uma massa uniforme, cinza-escura, que se destaca na escuridão da noite. Dessa massa se eleva uma cúpula, uma arcada enorme. A nuvem começa a se enrolar. "Uma nuvem-rolo", digo a mim mesmo. "É ali que está a tempestade."

Começa a chover. As gotas caem com tanta força do céu que chegam a formar pequenas crateras no mar. Deixam o oceano esburacado. Sobre a superfície da água permanece uma bruma de gotas borrifadas. Preciso fechar a gaiuta antes que tudo dentro se molhe. Preciso vestir roupas pesadas. Preciso me preparar para ainda mais vento.

Pego o macacão no gancho e o visto com o colete salva-vidas por cima. Vou para o convés com a cabeça abaixada para me proteger das gotas pesadas. Enrolo a genoa, baixo a vela grande e a prendo na retranca, apertada como um charuto. Espero as rajadas chegarem. Vento forte não é o problema, a gente pode se escorar nele. As rajadas, contudo, são perigosas. Elas nos deixam em paz por um instante e em seguida atacam. Esperam o momento em que se está indefeso.

Sei como é. De repente, as rajadas virão das nuvens, com força, vão atingir o mastro e inclinar o veleiro. Isso não é grave, desde que se esteja preparado. Me amarro com um cabo para não cair do barco. Fico imaginando como é ser jogado ao mar, na água escura, o frio que lentamente penetra a roupa — deve ser muito solitário. Não se pode fazer nada, a não ser se render.

Em meio ao barulho da chuva, ouço trovoadas. Simultaneamente de frente e de trás. Acho que vejo relâmpagos, mas talvez seja a luz do farol refletindo no mastro. Embora eu tenha amarrado a genoa com força, ela bate. O vento espirala entre os estais e o mastro. O barco começa a zunir.

Ouço uma voz. É o rádio VHF. Deixei o receptor no cockpit para não ter que entrar para escutá-lo. Todo mundo que está no mar ouve o VHF, nem que seja só para saber a previsão do tempo.

A voz me chama. Giro o botão do volume e pego o transmissor para poder responder.

"Veleiro Ishmael. Veleiro Ishmael. Veleiro Ishmael. Aqui é do centro de controle de tráfego marítimo Brandaris. Câmbio."

É o vigia no farol de Terschelling. Provavelmente me viu e vai me perguntar quais são os meus planos. Ele sabe o nome do meu barco. Isso me surpreende. Talvez o navio de cabotagem tenha dado a ele.

Eu hesito, mas respondo.

"Brandaris. Aqui é *Ishmael*. Câmbio."

"Ééé, Ishmael. Temos você no radar. Já faz um tempinho que você está parado aí. Está com algum problema? Quais são seus planos? Câmbio."

"Bom... Brandaris. Vou esperar um pouco aqui. Até amanhecer. Não tenho visibilidade nenhuma por causa da chuva. Fora isso, tudo bem a bordo. Câmbio."

"Ishmael — Brandaris. Entendido. Mas o local onde você está não é muito conveniente para um veleiro. Está perto dos bancos de areia. Podemos ajudá-lo a prosseguir para dentro. É mais seguro. Podemos ser o seu radar. Se quiser, indicaremos o curso de boia a boia e vamos seguindo pelo radar. Câmbio."

"Brandaris — não, não... Ainda não. Vou esperar amanhecer. Vai dar. Você tem a previsão do tempo? Para o vento e as condições do mar? Câmbio."

"Ishmael — qual é o porto de partida e o destino final da viagem? Câmbio."

"Brandaris — partida de Thyborøn, na Dinamarca. Destino, Harlingen. A caminho de casa, Brandaris. Câmbio."

"Quantos tripulantes a bordo?"

"Dois, Brandaris. Minha filha e eu."

"Entendido, comandante. Duas pessoas. Origem Thyborøn, a caminho de Harlingen. Permaneça por um tempo onde está. No mais, sem tráfego no mar. Mais tarde os pescadores saem, é algo em que deve prestar atenção. Mantemos você assinalado no radar. Chame se for necessário. Continue bem a viagem, comandante. Brandaris — desligo."

"Brandaris — obrigado. Ei... Brandaris... o vento? Qual a previsão para o vento?"

"Ishmael, o vento. Vou checar, um instante. Quatro a cinco Beaufort, norte-nordeste, rumando para sudeste, mais tarde variável. Possíveis rajadas de quarenta nós. Sob as nuvens pode ficar um pouco agitado, capitão, mas depois fica tudo calmo."

"Ah, obrigado, Brandaris. Boa vigília. *Ishmael* — desligo."

[5] **Maria está deitada no camarote de proa. Ela tem sete** anos. Dorme um sono de criança. Quando não está dormindo, faz perguntas, como toda criança. Se ela vê um petroleiro passando no horizonte, quer saber o que tem dentro. Por que um petroleiro chama petroleiro. Por que uma torre de extração extrai. Quer saber se existem barcos de polícia e por que a gente tem que vomitar quando tem enjoo. Quer saber quantas vezes eu passei mal no mar e se é nojento sentir o vômito na boca. Quer saber se também vai enjoar. E se depois de vomitar a pessoa fica de novo com fome.

Respondo tudo, mesmo que às vezes eu não saiba a resposta.

Antes de partirmos de Thyborøn, liguei para Hagar e contei que Maria não parava de fazer perguntas. "A Maria faz perguntas por uma questão de sobrevivência", comentou Hagar. "Ela se agarra às suas respostas. Fica perdida quando não faz perguntas. Lembre que ela é uma criança. Homens não entendem isso. Pensam que uma criança é um adulto como eles."

Eu disse: "Ela faz perguntas porque quer saber coisas. É o que as crianças fazem. Assim elas aprendem".

Hagar retrucou: "Você não compreende mesmo. Crianças não pensam de maneira lógica, como nós. Elas primeiro têm que aprender a pensar logicamente. E têm que aprender isso com a gente. Você deve ver a criança como semissurda e semicega. Elas só conseguem avançar tateando".

E eu disse: "Não é só com as crianças que isso funciona. Eu também sou assim. Todo mundo é semissurdo e semicego. Vale para todas as pessoas, mesmo que elas pensem que não".

Sinto o vento aumentar. O barco começa a sacudir, como se alguém o levantasse e jogasse de novo na água. O mastro treme. As adriças que amarrei ao longo do mastro batem contra o alumínio — *teing, teing, teing*. De repente há muito barulho.

As rugas desapareceram da água. As ondas crescem. São ondas fortes, pontudas, que batem contra o barco. As velas ainda estão baixas. Deveria ligar o motor, mas não ligo.

Então começa a chover granizo. Pedrinhas de gelo se quebram no convés — caem das nuvens aos contêineres. Ficam flutuando na água como pequenos icebergs, até derreterem. A água ficou verde-alga. Pedaços de plantas marinhas grudam no casco do veleiro, como se quisessem ser salvas.

Venta forte, mas sem rajadas.

"Por que as rajadas não vêm?"

Entro novamente na cabine e abro com cuidado a portinha de madeira que leva ao camarote de proa. Estou com medo de que Maria tenha acordado com o granizo e o tremor do mastro. O barco é uma caixa acústica, os granizos saltam no convés como bolinhas de gude. Mesmo do lado de dentro ouço as adriças batendo contra o mastro: *teing, teing, teing*.

Ela deve ter acordado com tudo isso.

Deve ter me chamado, se acordou. Se ficou com medo. Mas não escutei nada. Talvez eu não tenha ouvido por causa do granizo. Talvez estivesse muito ocupado pensando no que fazer, ou entretido com o rádio. Talvez ela tenha acordado e logo adormecido de novo.

Abro a portinha de madeira e sinto seu cheiro. Está quente dentro do barco. Nunca foi tão quente assim. De onde vem este calor de repente? Está me deixando com náusea. Deve ser o cansaço. Não, é o macacão salva-vidas. É quente demais. Parece que estou com febre. Suo nas costas. Na verdade, foi exagero meu vesti-lo. Só para uma chuvinha de granizo. Para a minha paz de espírito.

"Primeiro, me livrar dessa roupa."

Tiro o macacão e olho para dentro do camarote de proa. Agora o suor também escorre pelo meu rosto. Ou será granizo, que ficou na minha cabeça e derreteu?

O camarote está escuro. Procuro o interruptor da luminária, uma arandela redonda, de cobre, mas não consigo encontrar. Por que não? Depois de todos estes meses no veleiro, consigo encontrar tudo de olhos fechados.

O barco oscila. Me seguro no batente da porta com uma mão e com a outra tateio no escuro. Sei como ela está dormindo. Maria está com o polegar na boca e segura o urso-

-polar de pelúcia apertado contra si. Ganhou o ursinho pouco antes de partirmos. Choramingou muito por causa dele. O bichinho estava num supermercado de Thyborøn; parecia mais um coelho que um urso-polar. Um urso-polar com olhos de coelho. Eu disse: "Você já tem cento e cinquenta bichos de pelúcia, não vou comprar mais este". Mas Maria sabia que eu ia comprar, sim. Se ela insistisse. E no fim comprei mesmo.

Pais cedem mais rápido que mães. Mães sabem que o amor de seus filhos é incondicional. Elas podem se permitir certas coisas. Pais têm algo a provar. Compram um urso-polar de pelúcia na esperança de que isso conte a seu favor.

Nos últimos dias, o urso-polar se tornou seu amparo no mar. Ela praticamente não o largou. Deu-lhe o nome de Pompom. "Pompom", falei, "isso é nome de coelho."

"E agora também é nome de urso-polar", ela disse.

O suor pinga da minha testa, nos meus olhos. Enxugo.

Maria está sob as cobertas — também deve estar com calor. Com a mão direita, toco as cobertas sob as quais ela está deitada. Não enxergo nada. Ela deve estar suando tanto quanto eu, só que, durante o sono, nem percebe. Remexo com a mão sob as cobertas. Só preciso senti-la um pouquinho. Não posso acordá-la. Ela deve ter se encolhido como um ouriço.

Quero sentir uma perna, um braço, as costas, quero sentir como ela respira mansamente, tranquila como uma criança. Quero fazer um carinho na sua bochecha. Em casa também faço isso, toda noite, antes de me deitar. Acho que isso faz com que ela durma melhor.

Mais tarde, quando ela despertar, vai sair do camarote por conta própria, bocejando. Vai vestir um suéter. Vai me olhar com olhos marejados e perguntar se já estamos quase chegando e eu vou dizer: sim, já estamos quase chegando. Ela vai andar pelo barco, passando pela cozinha, e vai subir a escadinha da cabine. Vai levar um susto com o granizo e as nuvens de trovoada; vou vesti-la com sua roupa impermeável e dizer que ela pode ficar lá dentro com Pompom, na cabine quentinha. Mais tarde você pode pilotar o barco, direi. Quando o granizo tiver acabado e não estiver mais chovendo. Quando as nuvens se desmancharem no céu e o sol iluminar o veleiro e for possível ver Harlingen sob a luz do verão.

Vou esperar que o vento diminua, ligar o motor, pegar o transmissor do VHF e pedir ao faroleiro para me guiar. Entre os bancos de areia e quebra-mares, entrando no estreito de Stortemelk. Depois é fácil. Depois faço chocolate quente e então içamos as velas e Maria comanda o barco com a maré a favor até Harlingen, onde Hagar nos espera.

Vamos içar todas as bandeiras que pudermos içar.

Será o mais lindo retorno ao lar de todos os tempos. Hagar estará radiante, aguardando no cais. Uma mulher que espera seu marido e sua filha, que vêm do mar. Antes mesmo de atracarmos, vou gritar para ela: viu só como é possível, Hagar? Viu como nós conseguimos? E ela ainda se divertiu, não foi, Maria? Achou o máximo. Um golfinho veio nadando com o barco, não é, Maria? Ele saltava diante da proa, pra lá e pra cá, fantástico mesmo, fizemos umas cem fotos. Ah! Hagar! E a Maria nadou no Mar do Norte! Tinha uns quarenta metros de profundidade, mas não estava nem um pouco frio, não é? Maria? E ela sabe pilotar! Trouxe o barco direto para casa.

Em casa, vou fazer um álbum com as fotos que fizemos na viagem, o maior e mais caro que eu encontrar.

O veleiro se movimenta. Rola da esquerda para a direita.

Quero tocar Maria por um instante, para tranquilizá-la. Com a mão direita, tateio sob as cobertas no camarote escuro, mas não sinto nada. Isso é estranho. Como o barco se mexe, tenho que me firmar. Estou suando. Tento mais uma vez. Deslizo meu braço sob o cobertor, tiro as cobertas da cama, subo no colchão. Não há nada. Ela não está ali. Maria desapareceu, e seu urso-polar também.

[6] **Thyborøn não tinha feito nenhum esforço para se embelezar para o verão.** É um vilarejo dinamarquês. Vilarejos dinamarqueses são tão parados que parecem petrificados. Tudo ficou paralisado sob uma camada de verniz brilhante. Como se não houvesse mais motivo para fazer as coisas de modo diferente.

Já fazia uma semana que eu estava no porto e ninguém dizia sequer um bom-dia. Não me importava. Tinha velejado por três meses pelo Mar do Norte e pelo Atlântico. Sozinho. A viagem eliminara completamente minha necessidade de contato. De que me serviam as fofocas no porto, sempre sobre as mesmas coisas. Sujeitos que exibiam sempre as mesmas caras. Nenhuma conversa deixou recordação.

Aqui, no porto de Thyborøn, as pessoas me deixavam em paz. Gostei disso. Pensei em como seria ficar aqui. Um lugar no mundo onde realmente ninguém interfere na sua vida. Mas também me perguntei quanto tempo isso duraria. Uma vez que você se estabelece em um lugar, as pessoas vão automaticamente interferir na sua vida depois de um tempo. Durante a viagem, também passei por isso nos outros portos. Tentava não chamar atenção, mas apesar disso reparavam em mim. Começavam a conversar, embora eu não tivesse nenhuma vontade. Chegavam fazendo perguntas: de onde eu vinha. Há quanto tempo estava viajando. Se estava só e como era estar só no mar. Se não era cansativo e perigoso velejar sozinho. Se eu queria subir a bordo e tomar uma cerveja, comer com eles.

Isso me cansava. Então nas últimas semanas eu evitei entrar num porto. Preferia ancorar numa baía. Estive ancorado em dezenas de baías, o mais longe possível da terra firme.

Tinha muito pouco a fazer em terra. Só quando realmente precisava, remava até a orla com meu bote de borracha cinza. Meu barquinho de compras. Nos vilarejos que visitei, nas lojas, eu falava o menos possível. Basta começar a falar para as pessoas falarem também.

Thyborøn era a última parada no caminho para casa. A ideia de Maria me acompanhar nos últimos dias da viagem me deixava animado. Velejar com uma criança é diferente de velejar com um adulto. Para uma criança, a vida inteira ainda é uma aventura. Tudo é novo. Nada é esquisito. Se você diz que é normal velejar por uns dias no Mar do Norte, a criança também acha normal. Como viajar de trem. Ou ir de carro à cidade.

A única coisa de que eu realmente senti falta nestes últimos três meses no mar foi o calor de Maria e de sua mãe. Todo o resto poderia desaparecer.

Assim velejei até Thyborøn.

Para quem chega pelo mar, como eu, Thyborøn parece feita de lego. Uma maquete em escala, pensada por alguém que adora ordem. Chaminés estreitas despontam na cidade. Elas parecem maiores do que realmente são porque a paisagem é muito plana e baixa. As três colunas mais altas, estreitas, soltam fumaça, como um local de sacrifício. Foram pintadas de azul-claro para não se destacarem tanto contra o céu.

As chaminés eram úteis para a navegação. Na interminável planície desabitada da costa dinamarquesa, é difícil encontrar a entrada do porto. Naveguei em direção às chaminés e aos moinhos. Ao redor da cidade, em círculos cada vez maiores, construiu-se uma floresta de moinhos de vento — torres finas que abrem suas lâminas como fogos de artifício brancos. Estão posicionados juntos, em grupos, campos inteiros, como se fossem uma plantação. O norte da Dinamarca é uma plantação de moinhos de vento.

Thyborøn fica no topo do país e vive de peixe, areia e cascalho — tudo tirado do mar. Outro motivo para morar ali não há. Mal dá para chamar de cidade. É um vilarejo grande. As ruas correm resolutas em semicírculos. As fábricas e as casas têm a cor do solo.

Os moradores também têm a cor do solo. Também parecem feitos de lego. Jutlandeses. Eles não falam muito. Vivem a sua vida. Em Thyborøn, são apegados às tradições. Os pescadores ainda pescam como antigamente, mas perderam a vocação para a aventura. Seus barcos ainda têm rodas de proa e popa altas, construídas para desafiar as ondas do Mar do Norte. Continuam saindo para o mar antes de o sol nascer. Os pescadores ainda devem ser tão destemidos quanto antes, quando, com seus pequenos brigues à vela, pilhavam as zonas pesqueiras da Inglaterra, Islândia e Noruega. Só que não levam mais aquela vida.

Ser destemido já não é mais necessário. Sem aventura as coisas também vão bem.

[7] **Eu estava no porto com meu veleiro e pensava na viagem** que havia feito. Por três meses nada além de mim e meus pensamentos e meu barco e o mar. Foi tudo exatamente como eu tinha imaginado.

No escritório, eles chamavam minha viagem de sabática. Eu já trabalhava na empresa havia quinze anos e reparava que meus colegas eram cada vez mais jovens. Eu ficava sempre mais velho. As promoções que eu esperava nunca chegaram. Por um bom tempo sofri com isso, até que uma hora deixou de me interessar. Achava que para mim tinha passado o tempo de ser ambicioso.

Claro que gostaria de ter me tornado chefe de departamento, talvez diretor adjunto. Possuía a experiência para isso, a habilidade social e a paciência. Eu gostava do trabalho. Mesmo depois que Maria nasceu, eu frequentemente ficava noites e noites no escritório. Sempre tinha trabalho para fazer. Sempre havia algo a ser discutido. Apesar disso, porém, eu era cada vez mais deixado de lado quando surgia uma vaga para um posto mais alto. No começo eu ainda podia entender. Até que as posições mais altas começaram a ir para iniciantes, para colegas que não faziam horas extras como eu. Que não gostavam da empresa como eu. Caras acelerados, com carros de luxo.

Comecei a evitar o escritório cada vez mais. Trabalhava cada vez mais em casa. Maria estava lá. Quando o tempo estava bom, ia passear com ela no parque. Quando chovia, ficávamos em casa. Podia ficar horas olhando para ela enquanto ela dormia. Hagar às vezes me perguntava como eu podia ficar tanto em casa. "A crise também atingiu a gente no escritório", dizia então. "Simplesmente não há mais tanto trabalho como antes."

Uma tarde, o chefe do departamento de RH me pediu que fosse até lá. Ele propôs um sabático. Três meses, inteiramente pagos. Ele mesmo acabara de voltar de um. Tinha rodado com sua família pela Tailândia. Atrás de sua mesa estava pendurada uma foto: ele com a mulher e a filha numa praia. "Aproveite a oportunidade", ele disse. "Antes que você se dê conta, eles resolvem fazer uma reestruturação, e daí não dá mais."

A notícia correu rápido na empresa. Eles sabiam que eu sonhava há anos com uma viagem de veleiro; tinha falado sobre isso muitas vezes, em detalhes. "Vai velejar", disseram meus colegas. "Você merece, depois de quinze anos. Quem sabe você fica mais animado depois de passar um tempo longe do mundo."

"Vai mesmo", disse Hagar. "Você quer fazer isso há tanto tempo. Eu me viro. Vai estar tudo tranquilo aqui enquanto você não estiver. Desde que eu te conheço você fala sobre fazer uma viagem de veleiro. Agora é a hora."

Me perguntei se seria mesmo uma boa ideia, três meses totalmente sozinho no mar. E seria seguro? Eu tinha lido livros, relatos de velejadores solitários que voltavam diferentes do que quando partiram. Alguns tinham enlouquecido. Outros não conseguiam mais parar de velejar e nunca mais voltaram para casa.

O mar é capaz de muita coisa, entendi ao ler esses livros. Embora isso talvez tivesse mais a ver com os velejadores do que com o mar.

Eu teria preferido levar tanto Hagar como Maria comigo: uma família feliz na intimidade do barco. Muito unidos. Mas Hagar não gosta do mar. Não gosta da sua imprevisibilidade nem do sentimento de não poder ir embora quando quiser. Para Hagar seria uma aventura opressora, e eu não queria impor isso a ela.

Maria, sim, tinha vontade de ir. Ela não queria que eu partisse. Nos últimos anos, eu passara tanto tempo com ela que tínhamos nos tornado inseparáveis. E agora ficaríamos longe por três meses.

"Três meses não é tanto tempo assim", eu disse a Maria. "E na última etapa você vem comigo a bordo. Daí velejamos juntos para casa. Combinei isso com a mamãe."

Fui sozinho.

Parti de Harlingen. Hagar e Maria ficaram no cais e acenavam para mim. Eu levava comigo um monte de preocupações e lembranças, mas tudo foi desbotado pelo sol. O sol estava ardido e ricocheteava na água.

Velejei ao longo da costa inglesa, da Irlanda, da Escócia, ao redor das Órcades, até Aberdeen. Por toda a extensão de um colar de miçangas de ilhas e rochas e praias. Era verão, mas no verão as ondas também são altas e íngremes. Pode-se acostumar com isso, e eu me acostumei rapidamente. Meu barco e o mar se tornaram amigos. Às vezes tinha a impressão de que eles haviam se tornado parte de mim.

Comecei a gostar de estar sozinho. Das noites, das luzes, das horas frias entre a meia-noite e as quatro da manhã.

O turno do cão. Das ancoragens nas baías sem outros barcos. Das conversas comigo mesmo e com meu veleiro.

Deixei que o resto da minha vida sumisse de vista. Primeiro o escritório. Principalmente o escritório, e as coisas que eram importantes lá. Os e-mails da equipe de administração, a qualidade do café da máquina, o posicionamento em relação ao concorrente, o novo site, o tráfego no novo site e a estratégia de negócios que havia previsto muito mais tráfego. As cifras. O volume de negócios, a administração das horas trabalhadas, a compensação dos quilômetros. As conversas com clientes.

Todo mundo estava sempre ocupado com essas conversas. Na empresa, tudo girava em torno disso. Marcava-se uma hora com o cliente para vender alguma coisa. Você dizia uma coisa para o cliente durante essa reunião e sabia que ele não acreditava, e sabia que o que tinha dito não era bem verdade, mas você continuava sempre sorrindo, simpático, e o cliente fazia o mesmo, e quando você apresentava o relatório ao seu chefe de departamento, dizia que tinha sido uma reunião fantástica. Uma reunião com potencial. Com uma transação em vista.

O cliente fazia exatamente o mesmo. Assim como você, ele também tinha interesse numa reunião bem-sucedida e no fechamento de um negócio. Porque se você voltava para o escritório com uma história menos entusiasmante, o chefe de departamento podia pensar que tinha sido uma reunião inútil. Reuniões inúteis não eram boas para a sua avaliação no final do ano. Cada funcionário era avaliado pelo chefe de departamento com um A, um B, um C, um D ou um E. As letras correspondiam a um bônus ou abatimento no seu salário, conforme a escala salarial, de acordo com a convenção coletiva.

A e B significavam aumento; com C, D ou E, havia redução.

Quanto mais boas reuniões com clientes, maiores as chances de um salário melhor. Desta forma, surgia no escritório, e entre escritórios, uma série de transações que não davam em nada, mas que eram importantes do ponto de vista das avaliações.

Entrar nesse jogo era o normal. Até que você deixasse de achar normal. E, se você não achasse mais normal, seu chefe de departamento percebia. Se parasse de jogar, se tornava um perigo para os outros jogadores, que não poderiam mais confiar em você. Se isso acontecesse, todos os outros se afastariam.

Foi mais ou menos o que aconteceu no escritório.

Comecei a comparar a vida na empresa com a vida no barco. Você se concentra no que vê. No que está próximo, no que pode tocar. Fora isso, nada mais é importante. Antes que se dê conta, o trabalho vira o centro do mundo. Se você não toma cuidado, ele se torna a razão da sua existência.

O que o escritório faz, o que produz ou o que vende, isso é pouco relevante. A empresa existe por si só; um organismo que surgiu por determinado motivo, embora ninguém mais saiba que motivo foi esse.

A partir do momento que decidi fazer o sabático, meus colegas praticamente deixaram de falar comigo. Ainda que eu percebesse que falavam de mim.

Assim meu veleiro se tornou o centro do mundo. Saí velejando pelo Mar Frísio, Mar do Norte e oceano Atlântico, e três meses mais tarde só Maria e Hagar continuavam no meu pensamento. O resto se diluiu numa bruma fina: o escritório, as transações, as avaliações, os ingredientes inúteis da vida.

[8] **Maria é minha única filha. Tem sete anos. Só quando** ela fizer oito vou saber realmente quão pequena é uma menina de sete anos.

Mães não querem que seus filhos cresçam; pais, sim. Pais não veem a hora de que seus filhos cresçam o bastante para poder fazer com eles coisas de pai.

Maria já tinha idade para velejar comigo de Thyborøn para casa. Foi o que combinei com Hagar. Assim que atraquei no porto, telefonei para ela. Eu esperava que acabasse proibindo a viagem. Inventaria uma desculpa qualquer, ou seria sincera e diria que não queria ficar longe de Maria. Talvez ela dissesse que nenhuma criança de sete anos viaja sozinha com o pai pelo Mar do Norte. Presumi que ela recuaria.

"Posso perfeitamente fazer tudo sozinho no barco", disse a Hagar pelo telefone. "Estou acostumado. Então, a bordo, a Maria não precisa fazer nada além de pintar livros de colorir e brincar com as suas barbies. Antes que ela perceba, estará de novo em casa."

Mas não foi preciso convencer Hagar a deixar sua filha vir me encontrar. Ela fez exatamente o que tínhamos combinado.

Comprou um bilhete para Aalborg e levou minha filha ao aeroporto. Ali, Maria foi recebida por uma comissária de bordo, que pendurou em seu pescoço uma bolsinha de plástico transparente com os documentos. Trazia escritos em letras maiúsculas o seu nome, data de nascimento e todos os números de emergência que poderiam ser contatados caso ela se perdesse.

"Não se preocupe", disse a comissária a Hagar. "Eu também sou mãe, sabe. Tudo sempre corre bem. Nunca aconteceu de uma criança se perder."

Hagar não queria acompanhar Maria até a Dinamarca, embora eu tivesse sugerido isso. Não queria ver como seu marido e sua filha partiriam juntos em viagem. Não queria participar. "Eu te conheço", disse pelo telefone. "Depois você me convida de novo para ir com vocês, e não é essa a intenção. Não quero que isso aconteça."

Ninguém me conhece tão bem quanto Hagar. Claro que eu a convidaria para velejar com a gente se ela tivesse vindo com Maria até Thyborøn. Já que você está aqui, eu diria. E ainda: são só quarenta e oito horas, vem junto com a gente, vai ser ótimo para a Maria. Hagar sabia que eu teria condições de convencê-la. Eu já tinha conseguido outras vezes.

Eu também sabia por que ela tinha insistido tanto com o sabático. Hagar tinha esperança de ver um homem diferente na volta: mais alegre. Um pai melhor. Para isso ela estava disposta a qualquer sacrifício. Depois de um dia ruim no escritório, Hagar fazia o possível para me tranquilizar. Às vezes de um modo que eu nem percebia. Mas ficava cada vez mais difícil me animar. A viagem era uma chance de mudar isso. Talvez por esse motivo ela tenha consentido que eu fizesse as coisas do meu jeito. Sacrificou sua filha, na esperança de que isso pudesse ajudar.

Maria voou até Aalborg, onde eu iria buscá-la. Parti de Thyborøn com um trem que faz paradas a cada cidade e passei a uma viagem de cinco horas através da quietude do norte da Dinamarca. Tive que fazer conexão algumas vezes e mudar de trem para ônibus. Quase não havia outros passageiros.

No aeroporto de Aalborg, Maria saiu acompanhada por uma comissária. A bolsinha de plástico ainda estava em seu pescoço. Ela tinha ganhado uma caixinha com um aviãozinho de lego e um bonequinho piloto. Parecia mais alta do que eu me lembrava, mas isso talvez fosse por causa das botas para vela, que tinham solas grossas.

Hagar tinha feito o melhor que podia: Maria ostentava duas tranças que se uniam com capricho na parte de trás da cabeça. Também vestia a calça jeans que eu tinha comprado para ela e que ela chamava de "calça do papai".

"Oi, papai", ela disse.

"Maria!", gritei.

Os dinamarqueses olharam incomodados. Por isso gritei mais uma vez, e mais alto: "MARIA! Você chegou, bonequinha".

Ela soltou uma risada e segurou minha mão.

 Viajamos juntos de volta a Thyborøn. Foi um belo começo

para o nosso passeio. Tivemos bastante tempo para conversar. Estávamos mais unidos que nunca. O ônibus rodava pela paisagem ao longo do Limfjord, que se estirava lânguido, brilhando sob o sol. O Limfjord recorta o topo da Dinamarca como uma rachadura; lentamente, a água corre de uma costa à outra, do Kattegat ao Mar do Norte — ambos mares agitados.

Quem consegue velejar no Kattegat e no Mar do Norte consegue velejar em qualquer lugar, era o que se dizia nos portos pelos quais passei no caminho. Não havia nenhum motivo para me preocupar: eu já tinha feito tudo isso.

O último ônibus que pegamos estava vazio. Só eu, Maria e o motorista. Ele usava um uniforme azul-escuro, e Maria concluiu que deveria ser um capitão. Ele não disse nada. Olhou para as passagens e assentiu com a cabeça.

Nos sentamos no banco logo atrás dele.

"Será que o capitão também vai navegar?", Maria perguntou.

"Não", eu disse. "Ele é capitão de ônibus. Eles só ficam indo e vindo."

O motorista não me pareceu um cara antipático. Tinha um rosto corado, com bochechas riscadas por minúsculas veias vermelhas; as marcas de um alcoólatra.

Tentei lhe explicar o que faríamos.

"Vamos navegar de Thyborøn até a Holanda", eu disse em inglês. "*Together.*"

"*Fisk?*", perguntou o motorista.

"Não, não", respondi. "Não *fisk*. Temos um pequeno veleiro. Viajaremos até a Holanda. Eu e minha filha. Vai levar quarenta e oito horas, se fizer tempo bom. Você acha que o tempo vai estar bom?"

Ele olhou pelo espelho retrovisor, de maneira que eu podia ver seus olhos.

"*Weather good for fisk*", comentou.

"Acho que *fisk* significa peixe, papai", disse Maria.

"É, sim", confirmei.

"Sim, talvez a gente pegue algum *fisk*", falei ao motorista. "Mas só se fizer bom tempo, não é?"

"*Fisk good*", ele disse.

"*Good fisk*", falei eu. "*And good weather.* Espero que o mar não esteja muito agitado. Nosso barco é bem pequeno e eu não terei tempo para dormir."

"*Yes. Yes*", disse o motorista.

"Claro que a mãe dela está um pouco nervosa, você sabe, por minha causa e por causa de nossa filha, nós dois viajando juntos pelo Mar do Norte. Sabe como são as mães, como elas reagem. Mas ela vai ficar bem. Minha filhinha também, tenho certeza. Ela gosta de pilotar o barco. Vamos mostrar para a mãe dela que a gente consegue. Juntos, minha filhinha e eu."

"*Yes, yes*", ele disse. "*Good fisk.*"

Maria deu um puxão no meu braço.

“Acho que o homem não conhece muitas outras palavras, papai.”

Mais tarde ela disse: “Será que eles não têm tantas palavras na Dinamarca?”.

O motorista ficou calado pelo resto da viagem. Maria abriu o zíper de sua mochila, tirou um caderno e começou a desenhar um barco à vela com uma menina.

“Olhe, papai”, disse. “É a Píppi Meialonga.”

Hagar achava Maria ainda muito pequena. “A Maria é uma menina”, dizia. “Ela depende de você.” Mas, quando eu olhava para ela, aquela garotinha num ônibus entre Aalborg e Thyborøn, não a achava nem um pouco pequena. Ela não dava a impressão de que o que estava vivendo era novo ou especial. Entendia o que ia acontecer. Na minha opinião, ela tinha mesmo vontade de ficar alguns dias sozinha com seu pai, o pirata. Se sentiria como Píppi Meialonga. Uma criança que sabe fazer tudo. Nos braços de seu pai e nos braços do mar.

“Crianças muitas vezes são tratadas exageradamente como crianças”, asseverei a Hagar quando discutíamos sobre a viagem. “São subestimadas pelos adultos. Você as subestima. Crianças entendem o mundo completamente desde o momento em que nascem, mas se fazem de bobas. Isso é vantajoso para elas. Também sei fazer isso no escritório: me faço de bobo. É uma boa tática.”

Até fazer três anos, Maria mal resmungara uma palavra. No dia seguinte ao aniversário começou a falar. Só isso já servia de base para minha teoria de que as crianças são mais perspicazes do que a gente pensa. Elas enganam todo mundo. Fazem isso porque podem, porque são muito espertas.

Tentei explicar a Hagar, mas ela achou que eu estava fazendo piada. Deu risada. Quando falava com ela sobre Maria, eu tinha a impressão de estar falando com um poder superior. Com a inabalável maternidade, a muralha de uma fortaleza. Podia ver isso nos olhos de Hagar. Eles cintilavam quando eu falava da Maria. Como se risse de mim e da ingenuidade do mundo em que eu vivia.

Poderia ficar zangado, mas não via nenhum sentido nisso. Não havia nada a fazer. As mães saem com uma vantagem que os pais nunca mais conseguem alcançar. Pelo menos não um pai como eu. Quando se trata dos filhos, elas parecem nunca ter dúvidas. Jamais hesitam. Elas têm o mesmo sangue que seus filhos, o mesmo pulsar do coração. A primeira vez que ouvi o coração da Maria, Hagar estava deitada numa mesa de exame. A obstetra pôs um aparelho Doppler sobre sua barriga e eu ouvi o pulsar do coração da Maria: um som sussurrado, extraterrestre, agitado. Ao fundo, eu ouvia o bater calmo, experiente, do coração da Hagar. Como se dessa maneira ela já falasse com seu bebê, ainda por nascer: fique tranquilo. Tudo vai dar certo.

Durante nove meses, Maria pôde ouvir as batidas do coração da mãe. O pulsar do coração do pai sempre virá em segundo lugar.

"Ela não vai com você na viagem", disse Hagar da primeira vez. "Ela não se interessa por isso. O que é legal para você não é legal para ela. Pense em alguma outra coisa. Vá para a Disney, sei lá. Daí também vai estar sozinho com ela, sem a minha amolação por perto. Agora, no veleiro... Você está se projetando na sua filha. Imagina que ela seja como você. Este é um erro que os homens cometem. Não conseguem se pôr no lugar do outro, muito menos no de uma criança. Ela pensa de outra forma. Ela não compreende. A única coisa que ela faz é te seguir, porque você é o pai."

Tentei expor minha teoria das batidas do coração, mas me emaranhei nas palavras. Disse coisas que não queria dizer.

"Vocês são como o pessoal do escritório", falei, "você e Maria. Acho que vão ficar contentes quando eu for embora, daqui a pouco."

"Não seja idiota", disse Hagar. "A Maria simplesmente tem que ficar em casa, brincando com as barbies dela."

"Em casa com a mamãe, como deve ser", retruquei.

Depois disso brigamos.

E em seguida ela concordou.

[9] **O barco estava atracado no canto do porto. Era um** porto de operários; uma bacia protegida do mar, com gruas industriais e balsas. Concreto e aço enferrujado. Um quebra-mar curvo, com pedras de basalto pontiagudas, impedia que as ondas altas do Mar do Norte entrassem.

Petroleiros, navios de cabotagem e barcos de pesca ficavam atracados lado a lado; o som dos seus geradores era um zumbido suspenso no ar. No cais, homens dentro de automóveis estacionados. Alguns com a porta aberta. Dava a impressão de que eles vinham todos os dias. Podiam ficar horas e horas sentados em seus carros, como estátuas. Para olhar os barcos. Para ter o que fazer. Para fugir da angústia de suas casas.

Todos eles fumavam.

Os iates ficavam na parte de trás do porto. Não eram muitos. Encontravam-se bem perto da praia, onde as ondas arrebentavam e onde eu e Maria procurávamos pedrinhas de âmbar. Andávamos de mãos dadas pela beira-mar, e de vez em quando ela se abaixava, pegava uma conchinha ou a casca de um caranguejo morto. Âmbar mesmo não encontramos. Caminhar com minha filha pela orla foi suficiente. O sol brilhava e aquecia a areia.

Os píeres invadiam o mar como lanças saindo da praia. Sem píeres, Thyborøn seria engolida pela água. Durante duas semanas, houve tempestades vindas do noroeste, e o mar ainda estava agitado por causa disso. O Mar do Norte batia forte nos píeres. Primeiro as ondas vinham, lentamente, provocando longos tubos, aparentemente inofensivos. Só quando chegavam perto da praia cresciam e quebravam com estrondo na costa.

Eram como escavadeiras. Ondas que cresciam acumulando ondas menores. Vinham da Islândia. Eram sopradas pelo vento noroeste através do Mar do Norte até que chegassem à Dinamarca e crescessem, crescessem, crescessem, vindo arrebentar em Thyborøn. Fiquei impressionado com aquilo. A tempestade já havia passado há um bom tempo, mas as ondas não tinham arrefecido.

Maria percebeu que eu me impressionara. "Vamos ficar enjoados?", perguntou.

"Claro que não", assegurei.

"Você sempre diz isso, que ninguém vai ficar enjoado. Mas da última vez, você mesmo passou mal."

Parou de caminhar e olhou à sua volta.

"Acho que eu vou enjoar."

"Você não vai enjoar coisa nenhuma. Vai no máximo marear."

Ela me olhou e disse: "Não faça gracinhas, papai".

[10] **Maria veleja comigo desde que nasceu. Está acostu-**mada com o barulho das ondas, com o barulho do vento, com a forma como o barco se movimenta sob seus pés como se ela estivesse num brinquedo de parque de diversões. Quem nunca velejou acha que os movimentos de um barco são imprevisíveis. Como se o veleiro fosse um pedaço de isopor, entregue ao vento e ao mar. Mas, se você descobre o ritmo de um barco, esse compasso pode se tornar seu.

Aprendi que o mar é previsível. Ainda mais previsível que a terra firme, onde se pode cruzar com todo tipo de gente e coisas que não se esperam. Quando você vai para o mar, fica sem equilíbrio por um momento, mas logo o corpo se acostuma e se acalma.

Por mais que um barco chacoalhe, é sempre mais tranquilo do que estar em casa.

Maria gosta de olhar para frente quando velejamos, por cima do convés. Às vezes vai se sentar no púlpito de proa, na ponta do barco, e se deixa embalar pelo vaivém, até quase adormecer. Maria sabe içar e arriar as velas. Ela gosta de controlar o leme. Eu mesmo ensinei tudo a ela. Uma vez ela atracou o barco num porto. Hagar estava em terra, olhando. Maria jogou despreocupadamente um cabo no píer. "Pega aí, mamãe", disse, "e depois manda de volta, daí posso amarrar o barco aqui."

Era exatamente a mesma linguagem que eu usava a bordo.

Agora ela já estava grande o suficiente. Eu podia confiar nela.

Hagar sentia menos prazer em velejar do que Maria e eu. Lembro que, quando Maria tinha sete meses, íamos velejar até Terschelling. Levei-a no colo para o barco; deixei o carrinho no cais. Coloquei o bebê conforto em que ela ficava deitada, presa com elásticos, no cockpit do barco e depois a embrulhei com uma capa de chuva grande demais, mas impermeável. Garanti a Hagar que era seguro. Tinha preparado tudo na noite anterior para que nada desse errado.

Saí do porto de Harlingen, icei as velas, e só quando já havia passado os píeres percebi quão grandes estavam as ondas. Levantavam o veleiro e o deixavam cair com força. Ele despencava no mar e colidia com a onda seguinte. Golpe após golpe, arquejando e crepitando, o barco procurava um caminho entre as ondas, ofegante como um nadador na arrebentação. O mastro sacudia quando ele entrava numa cava entre duas ondas, as velas procuravam o vento e quando encontravam puxavam o barco para cima, para o próximo golpe d'água.

Eu insistia que tudo estava indo bem.

Em alguns momentos, não havia nada à nossa volta a não ser água.

Nuvens baixas e cinzas pairavam sobre o Mar Frísio. Era difícil ver onde terminava o céu nublado e onde começava o mar. De qualquer forma, não havia muito mais que o barco, minha mulher, minha filha e eu: como se alguém tivesse fechado as cortinas em torno de nós.

Maria dormia no bebê conforto. A cada golpe, abria um pouquinho os olhos, mas continuava a dormir. Hagar parecia aflita.

Teria sido prudente virar a proa e retornar a Harlingen, navegando com o vento e as ondas pelas costas. Mas regressar significaria uma derrota. Um pai que volta atrás tão rapidamente em suas decisões não é um pai em que se possa amparar, pensei então.

A bordo de um barco, o capitão é o chefe. Isso faz dele uma figura solitária. Capitães não podem tomar decisões erradas, mas eles tomam. Entre um pai e um capitão, não há muita diferença, pensei.

Liguei o motor e continuamos em direção a Terschelling. Sem o motor, não havia como avançar. As ondas conspiravam contra o veleiro. Fomos empurrados para trás. O barco inclinou a boreste e despencou numa nova cava; ouvi um armário se abrir na cabine. Alguma coisa rolou de dentro dele e se quebrou, batendo contra uma divisória de madeira.

Hagar tinha se debruçado sobre Maria e cantava canções suaves em seu ouvido. Ela estava acordada agora. "Tudo em ordem!", gritei contra o vento. "O dia está bonito, só está um pouco agitado! Logo vai ficar melhor! Olhe só, estou vendo uma faixa de céu azul entre as nuvens! O tempo já vai melhorar!"

O motor falhou. As velas já não tinham força suficiente para arrastar o barco sobre as ondas. Em vez disso, as ondas começaram a empurrar o veleiro para o lado, em direção ao quebra-mar que se encontrava ali perto. A barreira era feita de pedras irregulares de basalto. Uma má dentição de rocha coberta por tufos de alga.

Se continuasse daquele jeito, uma batida nos dentes da muralha causaria um rombo no barco.

Cada onda o empurrava para mais perto, enquanto eu fazia tentativas de religar o motor. Era um motor de popa; para ligá-lo, tinha que puxar uma cordinha. Puxei várias vezes, me equilibrando na popa, suando dentro da minha roupa impermeável, até que a cordinha arrebentou e o motor morreu de vez.

Maria estava pálida. Peguei um cobertor de lã na cabine e pus sobre o bebê conforto. Ela vomitou. Acho que por causa do frio. Depois começou a chorar.

 Chamou minha atenção o quanto Hagar permaneceu

calma enquanto eu chamava pelo resgate. Ela pegou Maria no colo, segurou-a contra o peito e continuou cantando. O rostinho da Maria ganhou cor novamente. O serviço de resgate veio e rebocou o barco de volta a Harlingen. Ainda assim, foi uma derrota.

Não havia ninguém a culpar além de mim, o capitão, o pai.

De volta ao porto, não vi mais o carrinho de bebê. Tinha sido carregado pelo vento. Peguei um gancho de barco, me deitei no cais e procurei na água escura. Achei o carrinho e o icei com o gancho. Tinha as rodas marrons de lodo. Ficou ali deste jeito: gotejando ao vento.

Hagar nunca falou nada sobre isso. Maria era muito pequena para poder se lembrar. Mas, de uma estranha maneira, velejar passou a estar, para ela, sempre relacionado a enjoos. Contei essa história a ela uma única vez, e desde esse dia ela sempre pergunta pelo carrinho de bebê.

Então eu digo: "Tudo o que acontece, acontece só para que se aprenda alguma coisa".

Agora ela tinha sete anos, minha filha, e estava no cais de Thyborøn. "Antes de ir, papai, temos que arrumar sacos plásticos, porque vamos ficar enjoados com as ondas, já estou vendo. Você tem sacos plásticos, papai?"

"Você não vai enjoar", respondi.

"Mesmo assim quero sacos plásticos."

[11] **Meu barco era velho, mas resistente. Dizia isso com** frequência, quando tinha que descrevê-lo, embora eu não soubesse realmente. Não dá para saber com certeza se um barco é resistente o bastante para o Mar do Norte. Sob o esqueleto do veleiro havia tudo o que era importante e que de uma hora para outra poderia estragar. Parafusos enferrujados. Ranhuras no poliéster. Um cabo arrebentado. Havia sempre coisas que podiam de repente me deixar na mão, sem que eu me desse conta.

Pintei meu barco de vermelho. Ficava bonito com o mastro preto. Não era um veleiro luxuoso, atracado ali no porto de Thyborøn. Logo se via. Mas personalidade ele tinha. Muito diferente dos iates à sua volta, que tinham pelo menos treze metros, uma antena de radar no mastro e uma máquina de lavar na cabine de popa. Um micro-ondas, uma máquina de café expresso, televisão de tela plana. As pessoas nesses iates grandes às vezes olhavam para mim com pena. Ou eu imaginava que me olhavam com pena. De qualquer maneira, eu não tinha nenhuma vontade de conversar com elas. Eram de outra espécie.

Assim como eu, ficaram em Thyborøn para esperar a tempestade passar. Agora se preparavam para a jornada de volta para casa. As férias tinham terminado; já se sentia o cheiro de setembro no ar. Aquelas pessoas tinham pressa. Estavam nervosas, como o céu fica nervoso pouco antes de uma trovoada. Carregavam caixas de papelão cheias de compras até o píer, controlavam os estais, falavam unicamente da previsão do tempo e olhavam toda hora para cima, onde entre um aguaceiro e outro se viam brechas azuis em meio ao cobertor de nuvens. As brechas marcavam o fim da tempestade.

Todos os dias chegavam outros iates no porto, e todos queriam voltar para casa. O porto de Thyborøn tinha se transformado num pequeno vilarejo de barcos que esperavam. A cada rajada de vento, as adriças batiam contra os mastros e todos os mastros juntos produziam música: um carrilhão de veleiros.

Por enquanto, ninguém ainda tinha ousado sair dali. Mas, assim que o primeiro fosse, os outros também iriam. No porto, olhavam uns para os outros mais até do que olhavam a previsão do tempo.

Caminhei com Maria pelo cais até o barco. Ela não estava nervosa. Também não estava muito animada. Era uma criança que tinha confiança em tudo, desde que seu pai estivesse por perto.

Foi uma longa viagem até Aalborg, em três ônibus e dois trens diferentes, mas Maria dormiu no caminho e não parecia muito cansada. Quando se cansa, costuma bocejar, e não fazia isso agora.

Andava pelo cais arrastando a mala atrás de si.

“Deixe que eu carrego a sua mala”, falei.

“Não, eu mesma levo”, disse Maria. Ela tinha consigo uma mala cor-de-rosa estampada com personagens da Disney. As rodinhas enroscavam entre as tábuas do píer.

Nem precisei dizer onde estava o barco, ela logo viu. Foi caminhando até lá. Pulou o guarda-mancebo e ficou no cockpit do veleiro.

“Oi, *Ishmael*”, disse para o barco. “Pode abrir a porta da cabine, papai? Quero deixar a mala na minha cama.”

Abri a portinhola, ela entrou, abriu a mala e começou a reunir os bichinhos de pelúcia e as barbies sobre a cama no camarote de proa. Fez isso com convicção, como se eu não existisse.

Dei o nome de *Ishmael* ao meu veleiro em homenagem ao personagem principal de *Moby Dick*. Ishmael é aquele que no final sobrevive a tudo. Ele embarca num baleeiro movido pela raiva e pela vingança, à procura da baleia branca, que no final dá cabo do navio inteiro.

Na minha opinião, *Moby Dick* é o livro mais bonito já escrito sobre um barco e sua tripulação. Por isso usei o nome. Pintei-o no casco em letras maiúsculas, pretas, como um talismã. Nos portos onde estive, no entanto, a maioria das pessoas pensava que eu era extremamente religioso. Ishmael é um nome bíblico. Também na Bíblia, Ishmael é aquele que no final sobrevive a tudo.

"Quer beber alguma coisa?", perguntei a Maria, depois que ela terminou a arrumação dos bichos de pelúcia e das barbies.

"Suco de maçã", ela disse.

Enchi um copo de plástico com o suco e olhei para a cabine, que era recoberta com uma madeira que sempre estalava. Não fazia silêncio nunca, nem agora. Com tempo ruim, o barco fazia mil e um ruídos concomitantes, suspirava, rangia, resmungava. Nessas horas, meu veleiro soava como um velho rabugento. Mesmo quando estava atracado num porto, como agora, também fazia barulho. Seu casco roçava nervosamente ao longo do píer, puxando as amarras, murmurando alguma coisa.

Um barco à vela é uma coisa simples. Tem um casco que deve flutuar, com uma quilha embaixo e um leme. Em cima, um mastro com estais de aço inoxidável. Tem um convés, um cockpit e uma cabine.

A cabine cheirava a mofo; o odor de um mercado de pulgas. Era sempre úmida por dentro. O barco devia ter uma infiltração em algum lugar, mas eu desistira de procurar a origem. Todos os barcos têm infiltração. Se um barco não tem infiltração é porque com certeza quase não navegou.

Passei a gostar do ar úmido. Aquele cheiro era parte intrínseca da minha viagem. Tinha impregnado as almofadas, os panos de prato, as velas, as cobertas e sacos de dormir, até os filtros de café. Acho que o cheiro tinha impregnado meu próprio corpo.

"É um bom barco", eu pensava. Não podia me permitir nada mais do que este veleiro. Quanto maior o barco, maior a preocupação. Com esse tipo de pensamento eu mantinha afastada a ideia de que um veleiro grande, novo, seria mais confortável ou seguro. Não queria admitir a minha inveja.

Só pelo interior já se via que o meu barco era antiquado. A bombordo, a pequena cozinha com o fogão basculante com forno embaixo. A boreste, a mesa de navegação com o diário de bordo. Atrás, dois bancos cobertos com veludo cotelê marrom-escuro; eu tinha pendurado uma tela de proteção para que pudesse dormir durante a viagem sem cair do leito. A comida estava acondicionada sob os bancos: caixas de papelão com latas de sopa, feijão, frutas, milho. Quilos de arroz e macarrão. Trouxe tudo da Holanda. Comida demais para uma viagem de três meses.

Mais adiante ficava o camarote de proa.

Era onde Maria brincava com suas barbies. Penteava os cabelos delas. Ela tinha uma cama triangular, um pequeno armário e um banheiro, no qual para dar descarga era preciso bombear água do mar. Quando o sanitário não era usado por um tempo, a água ficava parada nos canos e o fedor de esgoto invadia a cabine.

Dei a Maria seu suco de maçã.

"Papai", ela disse, "está fedendo aqui."

Acima do camarote de proa tem uma gaiuta que se pode abrir. Uma gaiuta de emergência. Eu a abri e vi como o céu lá fora clareara. As nuvens tinham sumido. A brisa marinha fresca invadiu a cabine. Ouvi gaivotas grasnando. Senti que o cansaço, que nos últimos meses vinha viajando comigo, desapareceu. Como se também tivesse sido sugado para fora pela gaiuta.

"Você está achando legal a gente ir velejar?", perguntei a Maria.

Ela parou de pentear suas barbies e me olhou.

"É a coisa mais legal do mundo, papai", ela disse. "E as barbies também acham superlegal."

"Que bom", falei. "Também acho a coisa mais legal do mundo. Velejar sozinho também é bacana, mas às vezes é um pouco chato."

"Você ficou com saudade de mim, papai?", perguntou.

"Senti tanta saudade de você que às vezes sonhava que você estava comigo."

Maria dormiria no camarote de proa, tínhamos combinado. Faríamos tudo como em casa. Ela iria normalmente para a cama às oito horas e eu leria para ela *O Pequeno Capitão*, de Paul Biegel. Eu tinha prometido. O Pequeno Capitão, com seu barquinho feito com uma estufa, uma banheira, uma corrente de bicicleta e uma perna de cadeira. "Você tem que ler mais para mim do que lê em casa", ela me disse pelo telefone, "senão eu não vou."

Eu mesmo não dormiria. Tive que prometer isso a Hagar. Velejadores solitários costumam tirar cochilos de dez ou vinte minutos. Acertam o alarme e vão se deitar, acordam, olham para ver se há outros barcos no mar e depois vão dormir de novo. O barco comanda a si mesmo com um piloto automático. Um braço preto que fica preso à cana do leme e faz com que o veleiro continue a navegar sempre em frente, no rumo que você estabeleceu.

Com Maria a bordo, entretanto, achei que essa tática seria muito perigosa. Há muitas histórias de velejadores solitários que não acordaram com o alarme e colidiram contra um rochedo ou um petroleiro, e além do mais eu era péssimo para acordar. Os cochilos só fariam com que eu me sentisse ainda pior.

Durante a viagem, teria que manter vigília continuamente. Dois dias inteiros de extrema concentração e duas noites sem dormir. Eu podia me preparar para isso. Café e latinhas de Red Bull teriam que me sustentar nas horas difíceis, as horas mais escuras, entre meia-noite e quatro da manhã. O turno do cão, quando não se pode ver nada no mar além da parca luz das boias e plataformas de perfuração. Quando o frio enfia seus dedos compridos por dentro da roupa impermeável.

Tinha aprendido como me manter acordado no mar. Permanecia desperto com uma rotina. A cada dez minutos passava os olhos pelo horizonte, como um radar humano. A cada hora atualizava o diário de bordo. Desta vez, também entraria na cabine de vez em quando para ver como estava Maria. Olhar para seu rosto despreocupado, para sua entrega infantil ao sono. Mas não com muita frequência.

Tinha que agir como se estivesse viajando sozinho. Essa era a melhor maneira.

Um pescador passou pelo píer, próximo ao barco. Me ergui pela gaiuta para vê-lo. Era um homem alto, com botas de borracha, vestindo uma calça de pesca alaranjada de plástico maleável. Ele acenou com a cabeça. Perguntei sobre o tempo. Ele não disse nada. Perguntei mais uma vez. Levantou os braços e os deixou cair em seguida.

"Only God knows."

Ele tinha bebido. Me lembrou o profeta que aparece no começo de *Moby Dick*. Um mendigo bêbado que adverte Ishmael a não partir com o baleeiro porque a embarcação corre perigo. No livro, o profeta tinha razão. Mas esta viagem não é nenhum romance. Até então, tudo tinha corrido bem, e continuaria assim.

O pescador ficou parado onde estava, levantou de novo os braços, em seguida abaixou e continuou a caminhar. Atrás dele, as finas chaminés de Thyborøn expeliam sua fumaça, que subia em ângulo quase reto.

"Não tem mais vento", gritei para Maria pela gaiuta. "E o céu de repente ficou todo azul. Amanhã podemos partir. Dormimos no porto esta noite, assim você pode se acostumar um pouco ao barco, e amanhã de manhã zarpamos. Mas para isso precisamos fazer umas compras agora."

"Ok", disse, e pôs suas barbies num canto.

Andamos até o final do píer, subimos o cais e fizemos compras no NBK Marked e no Super Spar Abastecedores de Navios, onde tudo era empilhado e pendurado sob a luz chapada de lâmpadas fluorescentes. Maria esticou os olhos para uma prateleira com doces.

"Pode escolher o que quiser", eu disse.

Um por um, ela tirou os pacotinhos da prateleira, olhando-os com cuidado e depois colocando tudo de volta no lugar. No fim escolheu um saquinho em forma de cone com coraçõezinhos cor-de-rosa, que acabou antes mesmo que nós partíssemos. Por sorte comprei dois.

Junto ao caixa estava o urso-polar de pelúcia do qual ela não desgrudaria mais.

[12] **Zarpamos.**

O veleiro estava pronto. No mar, nenhum sinal de tempestade. As ondas já não tinham cristas, rolavam calmamente até a praia.

Eu andava orgulhoso pelo convés com minha filha. Pus minha roupa de vela amarela. Maria vestia uma calça impermeável azul. Estava linda, com seus olhos claros.

"É muito longe?", perguntou.

"Nem tanto", respondi.

"É mais longe do que ir de carro até o vovô e a vovó?"

"Um pouco mais longe. Mas quanto mais você dormir no caminho, mais rápido a gente chega."

"Vamos velejar até a mamãe?"

"Talvez a gente veja golfinhos no caminho. Quando eles aparecem, ficam muito tempo acompanhando o barco. Quem sabe eles não vão nadando com a gente o tempo todo até Terschelling?"

Ela entrou na cabine, pegou seu urso de pelúcia e disse: "Mas nós não compramos nenhum presente para a mamãe. Vou fazer um desenho, então".

Abriu um dos armarinhos, pegou material de desenho e fez uma baleia de mãos dadas com o pai. E desenhou a si mesma de mãos dadas com a mãe. Estava debruçada sobre a mesa de navegação com seus lápis e canetinhas. Minha filha, com tranças no cabelo.

Durante três meses eu tinha buscado tranquilidade no mar. Mas não consegui realmente encontrar calma. As pessoas com que cruzei no caminho me faziam lembrar do pessoal do escritório. Todo porto e toda ilha estavam cheios de gente. Não tinha como escapar. Além disso, cada milha que eu velejava me levava para mais perto do mundo do qual eu fugira. E assim me sentia ficando cada vez mais pesado, até que vi Maria. Minha filha, que me amava.

Dali em diante pensaria nela quando lembranças sobre o escritório rondassem a minha cabeça. Em Maria e Hagar. Simples assim.

Me sentia forte e alerta. Ia mostrar para eles, aqueles velejadores ricos nos iates à minha volta. Eles tinham uma máquina de lavar a bordo, eu tinha a minha filha. Quem estava melhor?

Ia ser um pai de verdade. Um pai-capitão. De coluna ereta e barba por fazer. Mostraria a Maria tudo o que eu podia e a deixaria orgulhosa. Tinha que pensar em tudo. Tinha que planejar as próximas quarenta e oito horas. Isso era fácil, desde que Maria estivesse circulando no barco. Ela me manteria atento e forte por toda a viagem.

Era uma manhã maravilhosa.

Mandei um SMS a Hagar.

Para: HAGARcel
Tudo Ok barco ótimo partida hoje de manhã você tudo bem?

Três minutos mais tarde chegou um SMS em resposta.

De: HAGARcel
Tudo ok vá com cuidado.

Pouco antes de Maria soltar as amarras, enviei mais um SMS.

Para: HAGARcel
Partida agora tempo bom ligo guarda costeira se tiver probl.

De: HAGARcel
Ok.

Vi outros barcos deixando os píeres. O porto esvaziava. Dei partida no motor. Sempre que eu ligava o motor, meu corpo formigava. Como se eu tivesse acabado de sair da sauna e pulado numa piscina de água gelada. O som de um motor de barco roncando era o som de uma viagem. Às vezes eu ia até o barco só para dar partida no motor e escutar seu ronco. Sentir o cheiro do diesel. Só a ideia de uma viagem muitas vezes era o bastante para recuperar o fôlego por um momento. Depois eu ia de novo para o escritório.

O motor a diesel rosnava. O barco esguichava a água de resfriamento, como uma baleia bafejando. Fui até a proa para inspecionar mais uma vez o convés. Escorreguei. A bota no meu pé direito deslizou entre cabos do guarda-mancebo.

"Preste atenção", falei a mim mesmo.

"O que você disse?", perguntou Maria.

"Que você é um amor."

Deixei chá e café prontos nas garrafas térmicas. Espalhei as cartas náuticas e as reorganizei na ordem certa. Eu tinha escrito num papelzinho que estava no bolso da calça do meu impermeável as coisas mais importantes que ainda precisava fazer. Controlar o motor. Organizar as cartas náuticas. Checar as baterias. Testar o rádio VHF. Escutar a previsão do tempo. Amarrar o bote salva-vidas. Tinha feito tudo isso tantas vezes nos últimos meses que o papelzinho no meu bolso nem era mais necessário. Depois de todo este tempo eu já conhecia a rotina da partida. Mas agora eu precisava pensar mais, pensar antecipadamente. Tinha que me obrigar a conferir tudo três vezes. Por mim soltava imediatamente as amarras e zarpava para longe de Thyborøn a toda velocidade. Meu coração palpitava. Queria velejar com minha filha e esquecer tudo o que estava ao redor. Mas devia ser cauteloso. O mar era perigoso, principalmente este mar. Não podia ficar eufórico, ou não perceberia o perigo.

Tirei o papelzinho do bolso e conferi ponto por ponto. O bote salva-vidas estava amarrado na parte dianteira do convés. Tinha colocado a mochila de sobrevivência no baú de popa; no caso de *Ishmael* afundar, poderíamos aguentar por três dias com o que ela continha. Era uma bolsa amarela com água e comida, um rádio VHF de mão e uma linha de pesca. Também pus ali o outro pacotinho com os doces de coraçãozinho que tinha comprado em segredo.

"Maria!", chamei. "Estamos prontos para partir. Você vem me ajudar com as amarras?"

Ela saiu da cabine e foi caminhando pelo convés. Usava

um colete salva-vidas amarelo vibrante. "Você também tem que pôr o colete salva-vidas", ela disse. "Se eu tenho que vestir, você também tem."

Cuidadosamente, ela puxou para dentro as amarras que prendiam o barco ao píer. Observei como ela o fazia. Aduchava os cabos lentamente em voltas bem-feitas, calma e pensativa.

"Não olhe para mim!", protestou. "Vai dar errado se você olhar para mim."

Pegou outra amarra. "Posso soltar esta?"

Maria estava na passagem lateral, segurando a ponta de um cabo na mão. Um homem veio andando pelo cais até o barco. Era o pescador que tinha levantado os braços para o céu, o profeta. Agora eu podia ver melhor o seu rosto. Era mais jovem do que eu tinha pensado. Da mesma idade que eu.

Ele começou a falar.

"*Need some help?*"

Maria me olhou interrogativa.

"Não, não. A gente dá conta", eu disse.

"*Good girl*", disse ele a Maria.

 "Que menina boazinha você tem", disse a mim. "Você

deve ter muito orgulho de ser o pai dela. Sou pai também. De uma menina também. Ela nunca vai para o mar comigo. Muito perigoso. Não, não. Em Thyborøn, filhas nunca vão para o mar. *Never go to sea*".

Perguntei a ele sobre o tempo.

"Tempo bom para navegar, ruim para pescar", ele disse. "Para pescar é preciso tempestade. Nada de tempestade hoje. Nada de tempestade amanhã. Bom pra você, ruim pra mim. Você tem mais sorte do que eu."

Maria gritou: "Não fique conversando, papai. As amarras estão soltas".

"Filhas nunca vão para o mar", repetiu o pescador.

"Ok, vamos", respondi a Maria. "Partimos! Partimos!"

E ao pescador eu disse: "Você deveria levar sua filha para pescar. Ela iria gostar".

Ele ficou parado no píer e puxou sua calça de pesca alaranjada para cima.

"*Hey, good luck, you lucky father!* Você é o melhor pai e o de mais sorte que eu já conheci."

Maria olhava incomodada. Não gostava quando eu me demorava falando com outras pessoas. Foi andando pela passagem lateral, entrou no cockpit e pegou a cana do leme.

"Já que você não faz, papai, então eu piloto o barco para fora do porto", disse. "Por que você ficou papeando com aquele homem? Ainda nem vestiu o colete. Sério, agora você tem que pôr."

Ela acelerou com cuidado e conduziu o barco para longe do píer. Fez isso como se nunca tivesse feito outra coisa na vida. Com calma, pôs o motor em marcha para frente, deixou o casco deslizar quase paralelo ao píer até que houvesse espaço suficiente para virar. Apontou a proa em direção ao mar e acelerou mais um pouco.

Lá estava minha filha, comandando o barco para o mar!

Ela subiu no banco do cockpit e pôs o pé na cana do leme. Dessa forma podia olhar além do barco e ao mesmo tempo pilotar. Era muito pequena para pilotar sentada. Enquanto controlava o leme com o pé direito, se segurava com uma mão no estai de popa. Espichava-se descontraída no barco. *Nonchalant* como uma estrela de cinema.

O pescador gritou: "*Bravo!*".

Maria disse: "Papai, você puxa os outros cabos para dentro?".

"*Good luck!*", desejou o pescador. "Boa sorte para as nossas filhas, para todas elas!"

[13] **Thyborøn ficou pequenininha. Primeiro se trans**formou numa cidade de pecinhas de lego, depois as casas sumiram atrás do horizonte e só os postes das chaminés e dos moinhos continuaram visíveis. Eu queria navegar para longe, tão longe quanto possível. Não queria mais ver terra nenhuma. Perto da costa, o mar revelava seu lado mais cruel. Ali havia bancos de areia que talvez não estivessem na carta náutica. Pela costa navegavam os pescadores, e eles não costumavam levar em conta um pequeno barco à vela.

Em alto-mar, nada poderia nos acontecer. Uma tempestade apenas faria com que o veleiro rodopiasse sobre a água, até ela cessar. Em alto-mar, havia pouca coisa com que colidir. Quanto mais longe de tudo, mais seguro.

Icei as velas e Maria desligou o motor, e então escutamos o murmúrio do mar ao longo dos flancos do barco. Estávamos livres, e não só da terra. Quanto mais longe no mar navegávamos, mais o mundo se tornava nosso. Ouvíamos só os sons de nosso próprio barco, da água, do vento e de um pássaro solitário que vinha espiar. Os sons tinham uma cadência. Escutávamos o estalar da cabine. O vento no estai de popa. A bandeira holandesa esvoaçando na balaustrada.

O barco oscilava junto com a água. Com esse movimento não se fica enjoado.

Me lembro da vez em que fiquei enjoado em terra firme. Eu vinha do mar. Atraquei num porto e ao pisar no cais tudo começou a girar. Por um instante não sabia mais onde estava. Comecei a passar mal. O balanço desaparecera, o balanço que me embriagara e no qual eu tinha me agarrado durante toda a viagem.

Vomitei embaixo do chuveiro.

Era melhor nem pensar nisso. Se eu enjoasse agora, Maria ia rir de mim.

Estávamos livres e estávamos no mar.

Thyborøn sumiu. Os moinhos se dissiparam no ar. Olhei para a água e pensei ter visto uma toninha.

O mar carregava o barco com zelo. Era uma placa de Petri cheia de chumbo derretido. Alguém segurava a placa e a movimentava pra lá e pra cá, contínua e cautelosamente, de maneira a criar longas oscilações. A proa deslizava com facilidade. As ondas eram grandes o suficiente para levantar o veleiro para o alto, mas após elevar o barco deixavam que ele baixasse de novo, com cuidado. Como se devolvessem um bebê ao berço.

Velejamos até não ver mais nenhuma terra firme. Até que o mar fosse um grande círculo, e nós, o centro.

Maria estava na cabine. Desenhava. O piloto automático conduzia o barco. Eu o tinha programado numa rota de duzentos e trinta graus e ele ainda não tinha desviado um grau sequer.

Maria dizia que o piloto automático era uma menina. Deu-lhe o nome de Ana. Assim, além de seu ursinho-polar, tinha mais uma amiguinha a bordo.

O rádio soltou um leve estalido. Uma voz lia a previsão do tempo num inglês ruim. Anotei no diário de bordo:

Vento noroeste, força 3 a 4. Boa visibilidade. Sem precipitação. Perfeito.

Olhei o mar ao redor e me perguntei quando é que veríamos golfinhos ou uma toninha de novo.

A travessia: seria tão simples como eu tinha imaginado inicialmente. Desatracar em Thyborøn, atracar em Harlingen. Entre um ponto e outro, nada além de pai e filha num barco à vela, embalados pra lá e pra cá pelo generoso mar.

Maria saiu da cabine trazendo o diário de bordo infantil que eu havia lhe dado de presente no ano passado. Ela o mantinha meticulosamente atualizado. O livrinho tinha um lugar próprio no barco: a prateleira em que eu também guardava o restante da biblioteca náutica. Onde estavam os livros que me eram valiosos. Os almanaques, os guias, os manuais de conserto, mais *O Pequeno Capitão*, de Paul Biegel, a tradução holandesa de *Moby Dick* e a coletânea de poemas de Slauerhoff.

No seu diariozinho de bordo, Maria anotava a hora, a rota, a direção e a força do vento. Fazia isso com uma dedicação que já não se vê em adultos.

Desenhou do lado um barquinho, e um sol, e a si mesma. Ainda escreveu junto uma historinha. Fazia isso com frequência.

Enquanto ela dormia, peguei seu diário de bordo da prateleira e comecei a ler. A historinha não era sobre ela ou sobre mim. Era sobre um outro pai e uma outra filha. Era sobre o que estava na sua cabeça, e isso me tranquilizou. Me deixou até feliz.

Ela escreveu:

Nós somos Mel e Max. A Mel tem sete anos e o Max tem quarenta anos. A viagem começou assim: Mel acordou. Ela pensa o que era mesmo ai vamos voltar pra casa. Ela se veste bem rapido. Ela corre pra fora. O pai dela esta soltando o barco. Posso ajudar? a Mel pergunta. Se você quiser. O pai fala. claro que a Mel quer. Ela acha muito legal. Ela acha velejar superlegal. Está tudo desamarrado e eles vão. Quando saem a mel levanta a vela. Quando ela termina ve uma coisa preta. É olio? Não é uma orca. A orca pula por cima do barco. Olha papai a Mel fala. O que? O pai fala. uma orca! A Mel grita. Ei uma orca o pai fala. E aí o pai grita ui uma orca!!! Que legal. O pai dela fala. E aí a Mel ve mais uma coisa. Ela abaicha e chi! A Mel cai na água! Ela fica um poco pendurada na grade. Ela grita papai!!! ainda bem que o pai dela escuta e vai correndo. Ele tira ela da água. Vai rapido por uma rolpa quente. A Mel veste dentro uma rolpa quente. Ela pega uma chícara de café para o seu pai e pega suco de maçã para ela e um biscoito para cada um. E uma bala pra cada um.

E daí drim drim drim! O que é isso? É o radio. A Mel atende. Alo é a Mel. Quem fala? A policia do mar. Tem uma orca nadando aí onde você esta. cuidado! mas é uma orca boazinha. Eu ja vi ela e ela não faz nada. Ela pulou por cima do barco e lambeu meu pai e eu bem no naris. Ah bom falou a policia. E aí desligou. A Mel riu. E ela foi para fora pra contar pra o pai dela. Ela contou toda a estoria da policia e da orca.

Velejamos. Ficamos calados. Por horas não dissemos nada um ao outro. Não era nem um pouco necessário. Eu só olhava como Maria desenhava, absorta, como cuidadosamente fazia a ponta do lápis com o apontador. E então avistamos uma torre de extração e pude explicar a ela o que era aquilo e o que fazia. Depois nos calamos por mais uma hora, duas, três. O tempo se tornara irrelevante. Tínhamos largado o tempo no píer de Thyborøn.

Nada nos ameaçava. Ninguém em casa acreditaria quando eu contasse. Eu não conseguiria nem mesmo explicar como foi a viagem no mar, pensei. E como, sem que você percebesse, era inundado por um sentimento de felicidade.

Estava calor. Bebemos suco de maçã e café. Não precisávamos fazer nada. As velas arrastavam o barco sobre a água, o piloto automático o levava para casa. Sem hesitação, numa linha reta.

"Ana pilota o barco melhor que você", disse Maria. "Ainda está longe? Onde a gente está agora?"

Peguei a carta náutica e mostrei onde estávamos: a quarenta milhas da costa, entre Thyborøn e Esbjerg. Marquei nossa posição a lápis com um X. Fazia isso a cada hora. Assim foi surgindo uma linha de cruzinhas no mapa, e por ela eu podia ver para onde estávamos indo. A água era igual por toda parte, a carta náutica era minha única orientação.

Era como uma aquarela de manchas azuis e verdes. Boias e torres de extração tinham números e nomes. Mas não se viam muitas delas por aqui, boias e torres. Não era uma rota de navegação movimentada. Nesta parte do Mar do Norte havia muito pouco o que fazer.

"Como você consegue saber onde nós estamos?", perguntou Maria.

"Isso é um pouco complicado de explicar", eu disse.

"Mas então, o que são todas estas coisas no mapa? Tem um monte de coisas desenhadas, mas eu não estou vendo nada. Só vejo água."

"A maioria das coisas está embaixo d'água", expliquei, "por isso você não consegue ver. Tem uma porção de cabos no fundo. Ou barcos afundados. As coisas que você consegue ver também estão na carta náutica. Mas muito maiores do que realmente são."

Ela olhou para o mapa e apontou para as rotas de navegação que estavam traçadas com linhas longas e angulosas, marcadas por setas. Elas indicavam a direção em que os navios de carga deviam navegar.

"Que linhas são essas?", perguntou.

"São estradas. Para os navios de carga. Todos os barcos grandes têm que navegar pelas estradas, senão podem trombar um com o outro. Ou com a gente. A estrada não existe de verdade. Só existe no mapa. Ficou combinado assim e todo mundo obedece. É quase o mesmo que com os carros; com um carro a gente também não pode andar na contramão."

"Mas como você pode desenhar num mapa coisas que não existem?"

"Porque não dá para pôr placas de trânsito na água. Nem faixas, como nas estradas. Seria muito estranho, placas de trânsito e faixas no meio do mar. Seriam carregadas a cada tempestade."

"Mas tem boias, não tem?"

"Tem, sim, algumas. As boias são as placas de trânsito. É verdade. Você reparou bem. Mas não é possível encher de boias todos os mares do mundo. Isso seria um pouco esquisito. E dá muito trabalho, sabe, colocar essas boias no mar."

"É...", ela disse. "Mas bem que seria prático. Afff. Então aqui não tem nada mesmo pra ver."

Pegou a carta náutica e olhou para o mar.

"É tudo besteira nesse mapa. Tem um monte de coisas, mas não dá para ver nada. Só vejo água e essas torres sem graça. É muito chato aqui."

No início, eu tinha receio de que Maria acharia a viagem tão emocionante a ponto de mal conseguir dormir. Não imaginei que, no fundo, crianças considerassem entediante uma viagem no mar.

Decidi ensinar a ela os princípios da navegação. Dessa forma tínhamos o que fazer e ela aprendia algo que eu achava importante que ela aprendesse.

Apanhei a carta náutica e a segurei no alto.

"A carta é plana", eu disse. "E agora olhe para o horizonte. Também é plano? O mundo é plano?"

Ela olhou.

"Não, claro que não. O mundo é redondo. Vimos isso na escola, na aula de geografia."

Peguei o pequeno globo de plástico pendurado num chaveiro que Hagar tinha comprado para mim. Se as chaves caíssem na água, permaneceriam boiando.

Mostrei o globo para Maria e tentei explicar por que a Terra era plana na carta náutica e redonda no meu chaveiro.

Mas é claro que isso ela já sabia faz tempo.

"Papai, já sei disso há muito tempo. Eles deixam o mundo achatado no mapa. Você acha que eu sou burra, é?"

"Você aprendeu isso na escola?"

"Sim, já no primeiro ano. Você acha que eu ainda sou um bebê, é, papai?"

"Então você também sabe o que são meridianos?"

"Claro. Fácil. São essas linhas no mapa."

Mais que isso ela não sabia, então tentei explicar. Não é fácil esclarecer para uma criança o que é navegar num mar onde não há nada a que você possa se ater. Para uma criança, é tudo muito abstrato. Expliquei para ela o que eram meridianos e paralelos, latitude e longitude. Com uma régua de navegação, mostrei onde estávamos: 55° 23' 01" latitude norte, 6° 35' 24" longitude leste. Uma cruzinha a lápis no mapa.

Ela parecia entender tudo.

Ou não.

Não era importante. Desde que eu pudesse estar junto com minha filha no cockpit do meu barco e nós dois estivéssemos contentes. Eu fazia o melhor que podia.

"Mediterrâneos", ela disse.

"Meridianos", corrigi. "Navegamos para casa por entre os meridianos. Na parte de cima do mundo está o polo Norte; na parte de baixo, o polo Sul. Nossa casa fica num lugar entre um e o outro."

"Como você sabe que a gente está navegando entre eles? Essas coisas estão embaixo da água?"

"Não, elas não existem. Mas na verdade existem. Às vezes as pessoas inventam coisas para poder entender melhor o mundo."

"Você também inventa coisas às vezes?"

"Claro", eu disse. "Todo mundo inventa uma coisa de vez em quando."

O sol aquecia o barco. O piloto automático comandava e o mar se tornara completamente liso, quase parado. A água descoloriu. Todo o verde foi embora. Ficou clara como eu jamais havia visto no Mar do Norte. Parecia de quartzo líquido.

Não ventava mais. As velas oscilavam lentamente pra lá e pra cá, de boreste a bombordo, no ritmo das ondas. Arriamos primeiro a genoa e depois a vela grande.

Assim o veleiro ficou bamboleando sem as velas, no meio do grande círculo do mar.

[14] "Devo ligar o motor?", perguntou Maria.

"Não", respondi, "vamos vagando com a correnteza. O motor só vai fazer barulho."

O barco permanecia parado. Por mim, ele podia ficar um ano neste lugar, na placa de Petri. Podia até ficar para sempre. Por todos os lados se via o horizonte. Os únicos sons eram aqueles feitos por nós. O mar se tornara tão liso que nem percebíamos mais como éramos embalados num moroso vaivém. Muito lentamente. Até adormecermos.

Eu estava estirado no convés, Maria deitada com a cabeça sobre a minha barriga. Acordamos três horas mais tarde e em nosso mundo nada tinha se alterado.

[15] "Vamos nadar?", perguntou Maria.

Bocejou. Olhou ao redor. Só havia o mar, indiferente.

Ela se levantou e vestiu o maiô que ganhara de Hagar antes de partirmos: azul, com uma figura dourada. Só agora eu via que aquela estampa era Ariel, a Pequena Sereia da Disney.

"Eu vou nadar."

Andou pelo convés em direção à proa e sem dizer nada mergulhou do púlpito. Na água. Me levantei e mergulhei atrás dela.

Nadamos em torno do veleiro. No nada. Nadamos em nosso próprio mar. Visto do barco, o mar parecia plano, mas quando se estava ali no meio, percebia-se que ainda havia movimento. Um movimento vigoroso. O barco era erguido por ondas que eram maiores do que pareciam. Elas alçavam o veleiro muito acima das nossas cabeças e o empurravam de novo para baixo. Às vezes eu podia ver a quilha na água de quartzo.

Somente agora notávamos como o barco era pequeno, e como era grande o mar. E como nós mesmos éramos mínimos: pessoinhas indefesas, se debatendo na água. Éramos insignificantes.

Neste local, o Mar do Norte chegava a quarenta metros de profundidade. A terra firme estava a quarenta milhas náuticas de distância. O celular, sem sinal. O rádio só tinha contato com navios e torres de extração nas vizinhanças — e não havia nem um nem outro.

Maria mergulhou passando por baixo do barco. Seu corpo pálido na água.

Eu não podia ver se ela havia voltado à superfície do outro lado.

Fiquei aflito.

Tinha lido uma história sobre velejadores que, num dia quente, sem vento, foram nadar em alto-mar, mas esqueceram de baixar a escada. Eles nunca mais conseguiram voltar a bordo. Tentaram subir pelo casco, mas o barco se transformara numa encosta escorregadia que não conseguiam mais escalar. Semanas mais tarde, o veleiro foi encontrado abandonado numa praia. Despedaçado pela arrebentação.

Se era verdade ou não, eu não sabia. Mesmo assim imaginei o que aconteceria se eu não tivesse baixado a escada. Como o sentimento de felicidade que eu experimentava agora se dissiparia em pânico.

Eu tentava espantar a ideia, mas sentia a exaustão em meu corpo. Nós ficaríamos ali, à deriva. Maria e eu e o barco e o mar. A aliança que tínhamos se quebrava em pedaços. Poderíamos subir no bote de borracha e esperar por ajuda. Talvez pudéssemos voltar a bordo pelo bote salva-vidas. De outro modo, seria o fim. Morreríamos de sede.

Pequenas coisas podiam de repente provocar um desastre. Quantas pessoas não tiveram seu fim de maneira estranha. Um degrau na cozinha. Uma gripe. Um escorregão. Doenças. Morrer já era estranho em si, pensei. É estranho que desapareça de uma vez tudo o que se construiu em uma vida, tudo o que se conheceu, tudo o que você aprendeu a amar.

Era melhor pensar em outra coisa.

Vi o corpo pálido de Maria reaparecer sob o barco. Ela tinha nadado de volta. Uma pequena sereia. Subiu no bote de borracha que por toda a viagem sacolejara como um patinho atrás da mãe pata. Mergulhou dali. Subiu novamente e deu mais um mergulho. Seus cabelos eram longos, loiros, grudavam em seu rosto. As tranças, ela mesma tinha desfeito.

Às vezes eu acreditava poder adivinhar como ela seria aos vinte ou aos trinta anos: uma mulher. Uma mãe. Seria parecida com Hagar, como Hagar parecia com a sua mãe, e a mãe de Hagar com a sua mãe. Maria carregava consigo uma história que ela mesma não conhecia. Cada um leva consigo sua história, pensei. Nenhuma pessoa é inteiramente ela mesma.

Quando, no futuro, Maria se tornasse mãe, ainda se lembraria disso? O mar fresco envolvendo seu corpo, a sensação de ausência de gravidade, seu pai rindo? Contaria a seus filhos sobre esta viagem? Acharia irritante se eu, o avô, contasse tudo mais uma vez a seus filhos, meus netos?

É, crianças. Aquilo sim foi uma aventura, hein, o vovô velejando com a mãe de vocês pelo Mar do Norte. Vocês com certeza não teriam coragem, hein? Ou teriam? Hein? Quem vem velejar com o vovô?

"Pai", ela diria. "Agora eles já sabem."

Eu ainda nadava próximo ao veleiro. Chamei Maria.

"Ei, Maria! Quando for nadar, tem que sempre baixar a escada primeiro. É muito importante, sabe. Se não, você não consegue mais subir a bordo. Entendeu?"

Ela não disse nada.

"Nade em direção a mim, aí eu te mostro. Tente entrar no barco sem a escada. Você não vai conseguir nunca."

Ela subiu no bote de borracha, puxou o cabo até que se aproximasse da popa do veleiro, saiu por cima do bote e pisou no cockpit. Ficou parada ali, triunfante.

"Não precisa de escada nenhuma, papai."

Em seu maiô, Ariel brilhava no sol. Maria me olhou por um tempo e eu olhei de volta, enquanto o barco lentamente vagava para longe de mim. Enquanto eu lentamente vagava para longe do barco.

Ela não disse nada. Eu não disse nada. Não havia som algum.

Pegou uma toalha, se enrolou e gritou: "E agora vamos fazer ovo frito".

[16] **O turno do cão. Uma da madrugada. O sol tinha** desaparecido no horizonte com um carnaval de cores e, desde então, tudo no mar era preto e branco. A luz da lua era intensa. Eu colocara Maria na cama e ela adormecera imediatamente.

Agora eu estava só.

Na cabine, sobre o fogão, eu colocara os primeiros versos de um poema de Slauerhoff.

À sombra do toldo, repuxado pelo vento
Estou feliz e liberto
O fado é incerto
Mas nada me prende à vida neste momento.

Estava sentado com as costas contra o guarda-mancebo e tomava café da garrafa térmica. Tinha preparado duas térmicas: uma de chá e uma de café. Também tinha deixado comida no cockpit, assim não precisava entrar para pegar nada durante a vigília. Queria que ela dormisse. Ela não deveria acordar com o meu barulho.

A cada dez minutos eu olhava o mundo ao redor. A boreste, uma boia piscava. Lá atrás, um barco de pesca, talvez — eu mal distinguia as luzes de navegação. A bombordo, luzes de outra embarcação. Devia ser um navio cruzeiro a caminho de Esbjerg. Tantas janelinhas. De centenas delas emanava um brilho amarelo-escuro. Aquele navio era uma pequena cidade flutuante. Uma embarcação como aquela tem bares e piscinas a bordo, pensei. Algumas opções de restaurantes. Fiquei imaginando como as pessoas andavam de um foyer ao outro, como se caminhassem por ruas. Como conversavam entre si. Se tinham se arrumado para o Jantar do Comandante. Se traíam seus parceiros com outros passageiros, ou fantasiavam sobre isso. Como se embebedavam e caíam no sono.

Meu barco guiava a si mesmo, com o mar resvalando por baixo sem dificuldade. Eu não precisava fazer nada além de a cada dez minutos olhar o mundo ao redor, do qual o barco ainda era o centro.

Não era difícil permanecer acordado. Neste círculo ao alcance dos olhos, cada luz que surgia no horizonte, cada sombra na água era uma atração. Levei quarenta e cinco minutos até que não visse mais o navio cruzeiro.

Eu era o homem que via tudo.

A lua fazia vigília. Brilhava tão clara que eu conseguia diferenciar uma onda da outra. Elas deslizavam pela noite, ordenadamente, uma após a outra. De vez em quando uma onda ultrapassava a si mesma, capotava e sumia numa faixa de espuma branca. E aí vinha mais uma vez uma nova onda.

Tinha sintonizado o rádio VHF no canal 16, mas não ouvia nada. De hora em hora escrevia a posição no diário de bordo.

2h00. Posição 55º 36' 19" N 07º 04' 41" L. Vento NW 3-4, rota 232 graus, velocidade 5 nós, mar calmo. Tudo em ordem.

3h00. Posição 55º 28' 28" N 06º 53' 20" L. Vento NW 3, curso 229 graus, velocidade 4 nós, mar liso.

O cansaço que eu havia esperado não apareceu.

A primeira vez que Maria acordou e veio até mim foi no início da noite. Ela estava com medo do macacão salva-vidas, que depois pendurei em outro lugar.

A segunda vez foi de madrugada. Me assustei com sua sombra. Tinha esquecido que ela estava comigo. Maria saiu da cabine com cara de sono e veio para o cockpit, onde estava mais fresco. Dava a impressão de não saber onde estava.

"Papai", ela disse. "Fui só fazer xixi."

Ela olhou para o mundo preto e branco em volta e tentou se orientar.

"Você sonhou?"

"Fiquei o tempo inteiro pensando nos mediterrâneos", ela disse. "Se tiver agora um mediterrâneo na água, não vamos bater nele?"

"Nós nunca batemos nos mediterrâneos", falei. "Nosso barco é muito esperto."

"Ele não vai quebrar?", perguntou.

"Nosso barco não vai quebrar nunca", eu disse. "Ele é indestrutível. É um superbarco."

"E você?", perguntou. "Você não quebra?"

"Não", respondi. "Na verdade eu sou uma baleia, disfarçada de papai. Sou o rei Tritão. E você é Ariel."

Ela ficou parada na frente da cabine, me olhou confusa e bocejou.

"Estou com frio", ela disse. Virou-se e foi de novo para dentro, com o rosto voltado para mim. Parou um instante na escadinha da entrada.

"Você não é o rei Tritão", falou. "E eu não sou nenhuma sereia."

"Mas nós podemos fazer de conta, não podemos?"

"Tá bom, papai. Você me acorda quando tiver um mediterrâneo na água? Queria ver como é."

Prometi que sim.

Mais tarde, entrei na cabine para ver como ela dormia. Sua testa estava úmida. Suava. Fazia calor no barco. Abri a gaiuta para que entrasse ar fresco. Era de acrílico. Virando os dois puxadores de plástico preto, ela se abria por inteiro.

Gaiutas devem estar o tempo todo fechadas no mar, pois nunca se sabe o que pode acontecer. Em alto-mar, circulam ondas estranhas, vagalhões que açoitam quando menos se espera. São duas vezes maiores que as outras ondas. Gigantes solitários, excêntricos. Não sabem o que fazem. Eu não perceberia se uma onda assim surgisse. Ela poderia se jogar sobre o meu veleiro e meter mil litros d'água pela gaiuta. Seria o fim do meu conto de fadas.

Nos portos e nos cafés do entorno também se contam muitas histórias sobre vagalhões. Quanto mais tarde na noite, maiores essas ondas monstruosas. Os marinheiros contam muitas histórias uns aos outros. Vão contando até que elas se tornem bonitas demais para serem descartadas.

Olhei para Maria. Por causa do calor, ela tinha um sono agitado. Precisava de ar fresco. O ar fresco espantaria seus pesadelos. Deixei a gaiuta aberta. Desta vez podia.

[17] **A noite se dissipou, o sol nasceu vermelho e nós** estávamos a meio caminho de casa. A vigília não tinha me exaurido. Eu estava forte e alerta. Mais vinte horas. Vinte e quatro, talvez. Mais um longo dia e teria chegado ao fim.

Eu ainda não queria pensar no final. Tinha que continuar bem longe. Nas primeiras horas no mar, você pensa no outro lado, mas quando o outro lado está à vista, você já não quer chegar lá.

"O que você acha de continuarmos velejando até a Espanha?", disse a Maria quando ela despertou.

"Tudo bem", ela respondeu. "Mas aí quero que a mamãe venha também."

Abri o baú de popa e peguei uma linha de pesca. Tinha sete anzóis; anzóis grandes, brilhantes, e um peso de chumbo. Não era preciso isca para pescar aqui. Atirei os anzóis e o chumbinho no mar; deixei a linha baixar lentamente. Pesquei quatro sardas, que fritei na frigideira. Esse foi o nosso café da manhã.

Do dia, não me lembro de nada além de alguns fragmentos. Lembro principalmente que foi o primeiro dia da minha vida que decorreu como eu gostaria que decorresse um dia.

Estávamos estirados no convés, no sol. Maria estava deitada na minha barriga e eu lia *O Pequeno Capitão*.

O Pequeno Capitão vivia no alto da duna. Não em uma casa, não em um chalé, mas em um barco. A tempestade, que uivava e soprava as ondas até elas se erguerem altas como prédios, tinha carregado o barco e o jogado lá em cima. E lá estava ele, emperrado. Quem navegara, ninguém sabia. Aparecera um menino apenas, saído da cabine, um menininho pequeno com um boné grande.

"Quem é você?", perguntaram as pessoas no porto.

"O capitão", respondeu o menino.

"Ah, o Pequeno Capitão?", perguntou o velho marinheiro. "De onde você vem?"

Mas o Pequeno Capitão encolheu os ombros e entrou de novo na sua cabine.

Desde então, ele vive lá.

Maria perguntou se havia pessoas que moravam no mar. Eu disse que era bem possível. Talvez houvesse pessoas que um dia zarparam e nunca mais voltaram para casa. Pessoas que ninguém sabia que ainda existiam. Elas tinham simplesmente partido do porto e falado: até breve! E estavam tão contentes velejando que se esqueceram de onde vinham e continuaram a velejar. Bebiam água da chuva e comiam sardas. Não precisavam de muita coisa. Talvez tivessem galinhas a bordo, falei à Maria, para poderem de vez em quando fritar um ovo. Deviam pensar: "Ninguém se incomoda comigo e eu não me incomodo com ninguém".

"Você quer morar no mar?", Maria perguntou.

"Hoje, sim", eu disse. "Mas amanhã talvez não mais."

"Isso é burrice", falou. "Eu queria morar aqui para sempre."

Tentei contar a ela sobre Slauerhoff, que no mar desejava

a terra e na terra desejava o mar. "É a mesma coisa quando você está de férias. Você quer sair de férias, mas quando está de férias, quer voltar para casa. Entende? Ou é muito complicado?"

"Acho complicado", disse Maria. "Acho que os adultos sempre complicam tudo."

"Mas hoje não tem nada de tão complicado", afirmei, enquanto me sentava ereto no convés para poder ver o mar. "Hoje velejamos um bom pedaço e não complicamos nada."

"Posso comer uma fatia de pão?", perguntou. "Com pasta de chocolate?"

O veleiro agora voava. Pendia um pouco para bombordo, mas não muito. As velas empurravam meu barco suavemente adiante. Ia melhor e mais rápido e mais fácil do que eu havia esperado.

Não devia pensar, mas já pensava em Harlingen. Chegaríamos com o barco como se tivéssemos feito um pequeno passeio. Atracaríamos no cais e contaríamos despreocupadamente ao capitão do porto que vínhamos de Thyborøn. É, Thyborøn. Na Dinamarca. Nós dois. Pai e filha — Muito bom, não é mesmo? Não, correu tudo superbém. Claro. Só um pouco cansado, né, duas noites sem dormir, você sabe como é.

Enquanto isso, o capitão do porto veria como Maria pegava as amarras, cuidadosamente aduchadas.

A filha perfeita e seu pai perfeito.

Adormecemos. O piloto automático comandava.

No alto, por cima do barco, o sol seguia seu curso pelo céu.

Acordamos. O mar adquirira outra cor. Como se trajasse um vestido de noite.

Comemos macarrão com feijão em lata e o que tinha sobrado das sardas que eu havia fritado, e depois pus Maria na cama. Em seguida vi o sol desaparecer e a lua se alçar na noite para velar pelo mundo, pelo meu barco e minha filha.

Este seria o meu último turno do cão. Eu ainda estava bem alerta. Vi navios cargueiros cruzando em direção ao Norte, acima das ilhas Frísias, e de repente vi, fracos, os faróis nas ilhas, como pontinhos piscando numa tela antiquada de computador. Lá estava o Brandaris. Lá estava Terschelling, envolta por um anel de areia.

Eu estava sentado no cockpit com minhas garrafas térmicas de chá e café, e olhava para o escuro da noite. O negro de Terschelling era um pouco mais escuro que o do mar; a ilha parecia pairar no ar. Vi a boia cardinal para a qual eu tinha dirigido o barco, a boia luminosa Stolzenfels, que leva o nome de um navio da Marinha alemã naufragado aqui.

Peguei o diário de bordo e escrevi.

5h00. Posição boia luminosa Stolzenfels. Vento NW 2-3. Quase em casa. Maria dorme. Noite perfeita.

A noite já estava chegando ao fim. Dei uma olhada no almanaque que estava do meu lado no cockpit e procurei pelas tábuas de marés, tabelas de fases lunares, nascer e pôr do sol.

A natureza era tão previsível, pensei, que era possível resumir tudo em um almanaque.

Era fim de agosto. Olhei as tabelas. A lua cheia tinha apenas começado. Viria agora a maré de sizígia. O sol nasceria às sete e quinze. A alvorada iniciaria uma hora mais cedo, talvez até uma hora e meia. No mar, amanhece mais cedo que em terra.

Era isso, então. A boia de Stolzenfels era o começo do fim da minha viagem. Depois dali, viriam outras boias. A única coisa que ainda precisava fazer era seguir a linha de boias luminosas que se estendia ao longo do lado norte de Terschelling. Primeiro até a boia TG, de Terschelling Grounds. Depois até a ZS4, ao redor das planícies arenosas. E aí entrar, passando por entre Terschelling e Vlieland até o Mar Frísio, minhas águas natais, com seus canais e estacas e veias.

Simplesmente ir de boia em boia. A corrente me puxaria para dentro do Mar Frísio, navegaríamos ao longo das boias como se voássemos de volta para Harlingen. De volta para Hagar. Eu imaginava Hagar acordando em casa, preparando o chá, tomando banho e lentamente folheando uma revista no andar de baixo, na cozinha. Via como ela olhava seu celular, mas não encontrava nenhuma mensagem minha ou da sua filha, e como procurava as chaves do carro e ia até a garagem e dirigia até Harlingen, com o rádio muito alto.

Vi mil coisas ao mesmo tempo naquela noite no mar. Mas as nuvens eu não tinha visto.

[18] **Estou como um idiota no camarote de proa. O tempo** virou. O barco se move. Ouço as ondas batendo contra o casco; ouço os granizos martelando no convés.

Não percebi o sumiço de Maria. Não sei como explicar. Deve haver uma razão. Mas não consigo pensar em nada.

Não consigo encontrá-la. Não imaginei que algo assim pudesse acontecer. De repente tudo se inverteu.

A viagem não terminou. Ainda não. Talvez esteja só começando. Talvez eu devesse vestir de novo o macacão salva-vidas, antes de ir procurar Maria. Mas está tão quente. Está quente demais para ficar aqui, no camarote vazio.

Tropeço pelo barco e vou para fora, para o cockpit. Não sei o que devo fazer. Parou de chover granizo. Agora está chuviscando. Uma névoa paira ao redor do veleiro, como se eu tivesse entrado numa sauna. Tenho medo de não conseguir mais respirar nesta bruma. Não enxergo mais nada.

Preciso me recompor. Não posso entrar em pânico. É a coisa mais idiota que se pode fazer no mar, entrar em pânico. Em desespero não se consegue raciocinar.

Ela não pode ter desaparecido assim.

Ainda pude sentir seu calor sob as cobertas. Ela não deve estar longe. Eu não enxergava nada no camarote, não encontrava o interruptor. Será que procurei direito mesmo?

Quem sabe ela tenha se escondido. Deve ser isso. Maria está brincando comigo. É um jogo. Faz isso com frequência. Quando é hora de ir para a escola, pedala rápido a bicicleta, dobra a esquina e ali fica, paradinha, até que a gente a encontre. Nunca gostei dessas brincadeiras. Me assustam.

Daqui a pouco, quando a encontrar, não posso ficar bravo. Tenho que ficar atento a isso. Ela só queria fazer graça. Sei que ela não sumiu, mas só de pensar nisso me apavoro. Sinto até uma pontada no estômago.

Olho pela cabine e grito.

"Onde você está?", mas não muito alto. Quando se grita alto é porque se está em pânico. E eu não estou. Ela está fazendo uma brincadeira. Droga, por que ela resolveu brincar bem agora que o tempo virou?

Entro de novo na cabine e vou até o fundo. Agora consegui encontrar o interruptor. Acendo a luz. No camarote de proa há apenas um colchão vazio. As cobertas estão no chão. Ela não está. Seu urso-polar também não.

O barco chacoalha. Tenho que me segurar. Tenho que respirar.

Meu corpo agora é de borracha. Minha cabeça é de gelo. Tudo o que digo e penso é inútil. Trouxe minha filha para o mar e a perdi.

"Vamos lá, apareça, Maria! Você me pegou. Por um instante pensei mesmo que você tivesse sumido. Vou assar uns pãezinhos no forno."

"Cadê você, Maria? Ok, então. Faço chocolate quente pra você. Te dou chocolate quente, chocolate quente no meio da noite!"

Minha voz se dilui no oco do barco.

"Agora já chega, hein. Não estou mais achando nenhuma graça. Faço pãezinhos quentes e chocolate pra você e você vai se esconder?"

"Tá bom, fecho os olhos e conto até cinco e aí você vem, combinado? Ótimo. Um. Dois. Três. Quatro. Quatro e meio. Quatro e três quartos. Quatro e cinco sextos. Quatro e dezenove avos... Cinco!"

"Maria! Venha já. Já mesmo! Não tem mais graça, viu?"

"M-A-R-I-A!"

Me sinto nauseado; estou suando. Abro todos os armários, mesmo que ela não caiba neles. Levanto as tábuas do chão.

"MA-RI-IH-AAAH!"

Será que ela está no convés?

Saio da cabine e abro todos os baús. Nada. Ando pelo convés e paro ao lado do mastro. O mastro tem degraus de metal que facilitam a escalada. Olho para o alto, mas não a vejo. Não se enxerga a ponta. O mastro traspassa a névoa. O vapor da sauna. Talvez Maria o tenha escalado até entrar no nevoeiro. Talvez eu a veja lá de cima. Subo no mastro e vejo o veleiro ficar pequeno abaixo de mim. O barco tem a forma de uma gota. O mastro balança pra lá e pra cá. Preciso me segurar. Devia ter me prendido com um cabo. O suor escorre pelo meu rosto, ou será a névoa? Minhas mãos doem.

Não posso cair.

"Droga."

Ela tem que estar em algum lugar.

Desço com cuidado. Não posso escorregar. Não estou preso por nenhum cabo.

Paro de novo junto ao mastro.

Ela sumiu. É impossível que tenha desaparecido. Passei a noite inteira acordado. Vi todas as boias, todos os navios, estava mais concentrado do que nunca. Meus pensamentos estavam ordenados. Dá tranquilamente para ficar duas noites sem dormir. Fiz isso várias vezes. Nunca estive tão lúcido durante uma viagem. Ainda estou muito alerta por causa de Maria. Quem tem uma criança consigo é sagaz como uma águia.

Fiquei desperto a noite toda?

Anotei tudo o que era importante no diário de bordo. Fiz de hora em hora um relatório da minha viagem. Nossa viagem. Como deve ser. O diário de bordo está aqui na minha frente, úmido, no cockpit. Dou uma olhada e leio os horários: 1h00. 2h00. 3h00. 5h00.

Leio mais uma vez. Tem um buraco. Onde foi parar a anotação das 4h00? Por que não escrevi nada ali?

Meu corpo começa a arder. Minhas veias se enchem de chumbo derretido. Primeiro na minha cabeça, depois meu coração, em seguida minhas mãos.

É o pânico.

Primeiro o desespero, e depois tudo se torna claro. Na hora da emergência, desliga-se tudo o que não é importante. O corpo funciona assim, e pelo jeito também o espírito. De repente me vejo no leme, de cima, como se eu ainda estivesse no alto do mastro. Como se eu não pertencesse mais à história. Vejo o barco flutuando no Mar do Norte. Vejo a mim mesmo pensando, maquinalmente. Um homem, petrificado atrás de um leme.

Começo a falar.

"Merda."

"Fique tranquilo."

"Raciocine."

Depois me dou ordens, em voz alta.

"Ligar o motor."

"Definir posição."

O barco tem um aparelho de navegação que informa precisamente onde estamos. 53° 26' 997" latitude norte, 05° 10' 307" longitude leste. Há um botão vermelho em cima. O botão de emergência. O botão MOB, o botão *man overboard*, aquele que você nunca vai querer usar.

Aperto o botão vermelho para marcar o local em que descobri que minha filha havia desaparecido.

Não é um lugar conveniente, confinado entre Terschelling e a principal rota de navegação, a estrada por onde petroleiros e navios porta-contêineres navegam em comboio. Não é um lugar nada propício para um veleiro pequeno, assim, no mar. Meu mundo se tornou tão reduzido quanto o diminuto barquinho.

"Caralho."

A névoa se dissipa. Olho para as nuvens. Não posso ficar assim parado.

Pego o fone do rádio, que está no canal 16. Sei o que devo dizer e sei que devo dizer com calma. Pratiquei muitas vezes mentalmente, na esperança de que nunca precisaria dizer. Mas talvez com isso eu tenha justamente provocado que acontecesse.

Mayday
Mayday
Mayday
Aqui é o veleiro holandês Ishmael
Veleiro holandês Ishmael
Veleiro holandês Ishmael
Posição 53º 26' 977" N
05º 10' 307" L
Homem ao mar
Preciso de ajuda
Câmbio.

A resposta chegará um segundo depois. Será uma voz de Den Helder, da central da guarda costeira, do Serviço de Resgate de Den Helder. Assim se chamam os socorristas. Será uma voz calma a que falará comigo. Uma voz treinada.

O faroleiro de Terschelling escutará também. Todos com um rádio VHF no canal 16 escutarão. A voz calma fará perguntas, sempre as mesmas perguntas, de maneira metódica e controlada, como deve ser em situações de emergência. Nesta situação de emergência. Levará quinze minutos, meia hora, até que os barcos de resgate venham, concentrados e rosnando. Vão perfurar as ondas com seus holofotes e jogá-los sobre meu barco. O que vão pensar? Eles são treinados, não vão pensar muito.

Um helicóptero virá de Vlieland.

Quando alcançarem meu veleiro, socorristas usando macacões salva-vidas e botas pesadas subirão no barco e andarão pelo meu convés. Homens grandes. Marinheiros. Tomarão o leme. Vão fazer mais perguntas a mim, o pai, o comandante, o Pequeno Capitão com seu barquinho feito com uma estufa, uma banheira, uma corrente de bicicleta e uma perna de cadeira. Aquele que queria tanto partir para o grande mar.

Não, a mãe primeiramente não concordou. Mas depois, sim. Não, ela não está vestindo colete salva-vidas. Ela estava dormindo. Não dá para fazer uma menina dormir de colete salva-vidas, não é? Não, não escutei nada. Não vi nada. Fiquei acordado o dia inteiro e a noite inteira, e o dia e a noite anterior também — não, tenho certeza de que não cochilei. O diário de bordo? Está aqui. É, é estranho. Eu já vi. É, é curioso que esteja faltando uma hora no diário de bordo, é verdade. Acho que não anotei nada entre três e cinco horas. Acho que estava muito ocupado vigiando os navios cargueiros. Estamos na rota dos cargueiros. Deve ter sido por isso. Para que eles não trombassem comigo. Um cargueiro destes pode de repente chegar assustadoramente perto, eles vão tão depressa, não dá para acreditar, eu me mantenho sempre o mais longe possível.

Ela se chama Maria. Tem sete anos. Tem três diplomas de natação. Estava com um pijama cor-de-rosa de tecido felpudo. De um tecido felpudo bem grosso. É seu pijama favorito. Na verdade, já está pequeno demais, mas sabe como é: ela é apegada ao pijama e dorme bem com ele. É importante que ela durma bem, a mãe também sempre diz isso. Eu a coloquei na cama ontem às oito e meia, com Pompom, seu ursinho-polar. De pelúcia. E depois não fui mais olhar, não.

Thyborøn. Saímos de lá. Como vocês sabem disso? Tudo correu muito bem. Tenho toda a viagem anotada no diário de bordo. Pode olhar. Foi tudo ótimo. Nós até nadamos no caminho. Foi uma delícia. Sim, claro que foi sensato. Ir nadar também. Eu baixei a escadinha.

Não fiz nada errado. Está tudo bem com meu veleiro. Está tudo bem comigo. Não tem nada de errado. Estou suando um pouco, o senhor acha estranho? Não, não tenho mais nada para contar ao senhor. O que mais eu poderia dizer? Nós simplesmente saímos para velejar, de Thyborøn para casa. O que tem de estranho nisso? A mãe dela achou ótimo. Por que afinal vocês não começam a busca? Por que ficam só fazendo perguntas? Por que ainda não a encontraram com o helicóptero? Não pode ser tão difícil assim.

Ela não desapareceu. Não pode ter desaparecido. Deve estar em algum lugar no barco. Já subi no mastro, mas não ajudou em nada.

Sei o que irão me perguntar quando eles vierem, os homens de macacão salva-vidas. E sei o que eu vou dizer a eles. Sei que é fácil chamá-los pelo rádio. Mas não faço isso. Não quero nenhum homem no barco. Não quero perguntas. Ela não desapareceu. Eu mesmo posso resolver isso. Sou o capitão, o pai.

Coloco o fone do rádio no gancho. O aparelho desliga.

[19] Desde que ninguém saiba que Maria sumiu, é como se ela não tivesse sumido. Simples assim. Ela pode estar em qualquer lugar. Talvez eu esteja equivocado achando que ela desapareceu. Pode ser o cansaço, que me pegou. É o cansaço. Tenho certeza. Eu o conheço. Você fica noites sem dormir e acredita que pode enfrentar o mundo. Acha que não precisa do sono. Se você não dorme, seu corpo recebe uma injeção incrível de adrenalina, como se tivesse usado drogas: tudo parece claro e em foco, com um aspecto muito ordenado. Mas você não está lúcido. Só pensa que está. Sem que você saiba, ficou cego. Meio cego, pelo menos.

É uma dívida que se contrai, uma dívida de sono que deve ser paga. O cansaço está à espreita e pode te pegar em um momento de fraqueza. Duas noites de vigília, dois turnos do cão, e você pensa que esta é uma fantástica viagem de veleiro, calma como um pacato passeio de barco pelo Reno, e agora, perto do final, o cansaço surge de um canto, rastejando como uma serpente.

As nuvens me distraíram. Fiquei o tempo todo preocupado em me preparar para o mau tempo e Maria saiu do meu pensamento. Agora devo pagar pela minha desatenção.

Deus, como estou cansado. Minhas pernas tremem. A respiração é curta e ofegante. Preciso procurar melhor. Ainda tenho latinhas de Red Bull. Pego a bebida na bolsa que está perto da entrada da cabine. Esvazio as latinhas todas. Isso afugenta o cansaço.

Enquanto ninguém sabe de nada, ela não desapareceu. Enquanto ainda está escuro, ninguém vê o que está acontecendo aqui.

A noite agora chega depressa ao fim. Eu sei. Até já sinto a claridade.

O barco flutua ao sabor da maré-cheia. Chuvisca ao meu redor. O farol se transformou numa lâmpada embaçada. Não vejo mais a luz da boia luminosa. Sento no cockpit. O barco balança. É irritante. Até agora, veleiro e mar mantinham o mesmo ritmo. Agora se açoitam. Talvez porque eu tenha arriado as velas. Um barco sem velas balança mesmo.

O veleiro é tudo o que tenho agora.

Pego o diário de bordo e começo a escrever no papel úmido.

6h15. Posição 53º 26' 715" N 05º 08' 913" L. O barco está parado. Velas arriadas, motor desligado. Maria desapareceu. Não consigo encontrá-la. Não está no camarote de proa. E agora?

Opções:
1. Chamar o serviço de resgate — ainda não
2. Procurar
3. Ir embora

Paro de escrever. Não há muitas opções. Maria estava vestindo só o pijama. Não usava um colete salva-vidas. Ela deve ter sumido quando eu cochilei, entre as três e as cinco, durante o meu turno do cão. Pode ser que ela tenha saído da cabine porque teve um pesadelo e sentiu medo. Isso acontece com frequência, que ela tenha pesadelos. Deve ter vindo para fora, deve ter me chamado, mas eu não respondi. Talvez eu estivesse muito absorto com os navios cargueiros nas proximidades. Ou com as nuvens. Talvez eu estivesse dormindo.

Mas se ela tivesse me chamado, eu teria despertado. Meu sono não poderia jamais ter sido tão profundo. Esfrego as mãos na cabeça; está difícil raciocinar. A única coisa que posso fazer é ponderar comigo mesmo. Estou tão cansado. Quero ir embora daqui, fechar os olhos por um instante, só um pouquinho. Depois tudo passará. Tudo ficará bem.

Me recomponho. Sou o pai. Me lembro da gaiuta que ficou aberta para entrar ar fresco. Droga, deixei a maldita aberta a noite inteira! Pode ser que ela tenha subido por ali. É, ela deve ter feito isso. Em casa ela às vezes também acordava e de repente aparecia na nossa cama, suada, como um fantasma. Balbuciava coisas. Na maioria das vezes, Hagar a levava de volta para o seu quarto. Meio adormecida, ela andava como nunca anda, cambaleando, subia a escada hesitante e na manhã seguinte já não se lembrava de nada. Sonâmbula, era outra criança.

Também foi assim que acordou na primeira noite no mar. Uma outra Maria.

É o que deve ter acontecido.

Ela subiu ao convés pela gaiuta e, sonâmbula, caiu no mar. Na água escura. Nem posso pensar nisso. Tenho horror de imaginar seu corpo pálido na água escura.

Ando em direção à proa, até a gaiuta. Está completamente aberta no convés. Chove dentro. Procuro pelo convés. Está escuro. Não vejo nenhum lugar onde ela possa ter se escondido. Não enxergo o suficiente. Volto à cabine e pego a lâmpada de mineiro, que prendo na testa com uma faixa elástica. O facho de luz percorre descontroladamente o convés, seguindo a minha cabeça. Preciso permanecer tranquilo.

Ilumino por trás dos estais, no paiol de âncora — sei que no convés não há onde se esconder. Tudo no convés está como deve estar. As amarras no paiol de âncora, as adriças amarradas ao longo do mastro, a genoa enrolada, o convés brilha com a chuva. Tudo arrumado. É assim que se quer chegar a um porto depois de uma longa viagem: intacto.

A gaiuta está aberta. Ela deve ter visto as estrelas pela abertura enquanto olhava fixo para o alto. Teria avistado as nuvens? Será que choveu enquanto eu estava dormindo no cockpit? Então a chuva a acordou, com pingos frios, doloridos, em seu rostinho de criança.

É o que deve ter acontecido. Deve ter despertado com a chuva. Sentiu o frio no rosto, estava presa num sonho que em parte continuou com ela quando se sentou, quando levantou e pôs a cabeça para fora da gaiuta e viu o mundo ao seu redor. Um mundo estranho, escuro. O barco se inclinava para o lado com o vento e, quando ela olhou para cima, viu as velas, manchas brancas, silhuetas esquisitas contra o céu noturno. Não sabia onde estava. Deve ter sido um mundo assustador esse com o qual ela se deparou.

Deve ter passado pela gaiuta, um anjo de pijama felpudo cor-de-rosa, indo até o convés, embalada pelo movimento do barco. O frio se esgueirando por baixo. Será que viu o farol de Terschelling? Primeiro deve ter se segurado na gaiuta, depois no estai e aí foi para a popa pela passagem lateral, com a mão no guarda-mancebo. Talvez uma onda a tenha atirado por sobre a grade, uma onda que provocou um movimento estranho do barco. Pode ser que tenha perdido o equilíbrio. O guarda-mancebo chega até a sua cintura; ela não pode simplesmente ter mergulhado por cima. Teria que se esforçar para isso. Talvez tenha me procurado. Pode ser isso. Ela me procurou e pensou que tinha me encontrado fora, no convés, e pisou fora do guarda-mancebo ou caiu na água, não sei.

Ainda estava meio sonhando. Talvez sonhasse que eu também estava na água, que íamos nadar juntos no Mar do Norte.

Um tremor atravessa novamente o veleiro; é o vento que vem sob as nuvens, em rajadas impiedosas. As lufadas fazem tremer os estais. Agarram o mastro. O vento muda de direção e o barco vai junto. As rajadas vêm do Norte agora e empurram o barco para a costa a sotavento. Em direção aos bancos de areia. Tenho que ouvir a previsão do tempo no rádio, tenho que saber quais são os alertas, mas não há tempo para isso porque quero encontrar Maria e o rádio deve ficar desligado, por enquanto, agora.

Entro no interior do barco, abro o forno e pego o telefone. A luzinha vermelha pisca. Tem e-mails, novas mensagens na caixa postal e novos SMS's. O celular treme; são minhas próprias mãos.

De: HAGARcel
Tudo bem? Tô preocupada não consigo dormir bj

Desligo o celular e o coloco de novo no forno.

"Ela nada bem", digo a mim mesmo. "Ela sabe nadar muito bem."

Vou tropeçando de volta para o cockpit. A lâmpada de mineiro ainda está na minha testa. Lá fora, ilumino a água ao redor do barco; está lenta como óleo. É difícil enxergar alguma coisa, mas ainda assim eu vejo algo. Aperto os olhos para poder ver com mais nitidez. Uma dor de cabeça dispara a partir da minha nuca.

Há uma mancha na água, uma mancha pálida, direciono o foco sobre ela e vejo dois olhos; eles refletem a luz. São os olhos de uma gaivota que flutua sobre as ondas com as asas dobradas. Ela olha para o barco e para o capitão, "Vou procurar a Maria", digo à gaivota, que levanta voo. "Vou procurar a Maria, porra!"

A lâmpada é forte demais. Fere meus olhos. Olho por tanto tempo na luz que tudo ao redor se torna mais escuro do que era. Tenho que chegar mais perto da água. O amanhecer vem vagaroso, lento demais. Por que a manhã chega tão morosa, bem agora que eu preciso dela? Por que a noite não vai embora?

"Não enxergo nada!"

Uma lufada de vento vira o barco de lado. Um veleiro sem velas não serve para nada, inclina para todo canto, fica ali no Mar do Norte como um barquinho de papel de criança. Barquinhos de papel primeiro navegam bem, depois afundam. A gente sabe que um barquinho assim vai afundar. Mesmo assim fazemos a dobradura e espetamos um palitinho como mastro e fazemos uma vela de papel e o colocamos com desvelo na água. "Olhe como ele navega bem", você diz à criança, sabendo que ela daqui a pouco vai chorar quando o barquinho afundar.

A gente sabe de coisas que prefere não contar. Nem a si mesmo. E quando o barquinho de papel afunda, a gente faz outro.

Uma onda bate embaixo do barco; perco o equilíbrio e caio. Bato a cabeça no guarda-mancebo, jogo meu braço direito por cima, a lâmpada de mineiro desliza da minha cabeça e cai no mar. Me levanto, esfrego o braço na testa e vem sangue. Sangue com água de chuva, com água de mar. A ferida arde com o sal. É um arranhão, eu acho.

Tenho que raciocinar.

Tenho que fazer as coisas calculadamente.

Tenho que agir como adulto. Hagar disse: "Eu queria tanto que você fosse um homem adulto. Um homem que toma decisões".

Sou um homem adulto, Hagar. Você vai ver.

Maria caiu por cima do guarda-mancebo. Como quase aconteceu comigo agora. Ela nada bem. O mar começa a ficar mais grosso. Ondas brutas, denteadas, atingem o barco. Tamborilam no casco com seus dedos, *tic tic tic*, vão batendo. Lentamente, elas giram o barco em seu eixo. Quanto mais o barco gira, menos sei onde estamos.

A luz pálida do Brandaris meneia sobre a água, faixas de luz.

Será mesmo o Brandaris?

Pode ser também o farol de Vlieland, ou o de Ameland. Talvez seja uma torre de extração, talvez tenham descoberto que um veleiro está com problemas graves, PROBLEMAS GRAVES, e da torre acenam com um holofote pra lá e pra cá, fazendo sinal para o idiota que está no leme.

Devem estar pensando: ele PERDEU MESMO O RUMO, o babaca. Como ele teve coragem de levar aquela criança para o mar? Quem faz uma coisa dessas? Uma menina tão novinha.

Onde está o farol? Onde está Maria? Onde estou?

Tenho que me controlar, me livrar do desespero. Nada de bobagens agora. Tenho que mostrar quem eu sou: um pai.

[20] **A manhã não vem.**

É como se o mundo tivesse decidido que o sol pode brilhar por toda parte, menos sobre o meu barco.

Me sento. Ouço o bote de borracha golpeando contra o casco.

Olho no aparelho de navegação, que ainda marca o lugar onde descobri que minha filha tinha desaparecido. Vagando, o barco se afastou uma milha e meia. Flutua à deriva. Ligo o motor e navego em frente. Cautelosamente. Se Maria estiver por aqui, em algum lugar na água, posso atingi-la.

Procuro por algum sinal particular, por círculos na água, por movimento. Mas não vejo nada. Ela não pode mais estar aqui. Se ela caiu no mar, já foi arrastada para longe há muito tempo. A maré está forte. Hoje é maré de sizígia.

Pode ser que ela tenha caído no mar uma hora antes. Ou duas. Tenho que navegar de volta para onde estava.

Pego a carta na mesa de navegação e com um lápis faço uma linha ao longo de todas as cruzinhas que marquei no caminho. A linha que nós... que eu naveguei. Se Maria estiver na água, em algum ponto, tem que estar nesta linha, entre aqui e Thyborøn.

Introduzo a rota no aparelho de navegação e viro a proa a nordeste.

Faço um zigue-zague ao longo da linha traçada na carta. O vento agora está exatamente contra. A água que vem com o vento espirra no meu rosto. Me desperta. Seguro a cana do leme com firmeza. Determinado. Vou encontrá-la.

Amanhece, o negro se transforma em azul-marinho. As ondas ganham cristas. Cristas espumosas, curtas, ferinas. Pequenas carrancas enfurecidas. O veleiro começa a sacudir com força. Cada golpe que o barco dá nas ondas me deixa mais desperto — vou encontrá-la.

"Vou encontrá-la", repito para mim mesmo.

"Vou encontrá-la."

Ziguezagueio com o barco de volta a Thyborøn. Uma hora. Duas horas. Quanto tempo faz? Tudo vai se sobrepondo. Meus olhos ardem. Agora que surge a luz do dia, posso ter uma visão melhor do mar. O vento faz listras sobre as ondas. Uma serpente de espuma flutua a bombordo. É a corrente na água que cria estas faixas.

A corrente. Tinha me esquecido da corrente. Qual será sua velocidade aqui? Um nó? Dois nós? O suficiente para levar Maria para bem longe do local onde ela caiu na água. Se a corrente for de dois nós, só na última hora ela foi carregada por duas milhas náuticas — e nem sei em qual direção. Não faço ideia. Posso persistir no zigue-zague até Thyborøn enquanto Maria já foi arrastada para uma praia.

Desligo o motor. Não tem sentido.

Então a vejo.

Ela está boiando.

Enxergo nitidamente. Ela sobe com uma onda e depois some de novo numa cava, mas eu a vejo. Ela boia com facilidade. A água a carrega. É natural que ela boie facilmente, penso — é água salgada. É uma criança, não pesa muito.

Alívio. Vou tirá-la da água, embrulhá-la numa coberta, vou fazer chocolate quente e nós vamos içar as velas e velejar em direção ao estreito de Stortemelk, pelo Mar Frísio, até Harlingen, onde vamos desembarcar e dizer a Hagar que tudo foi maravilhoso. Maria dirá: "Da próxima vez você tem que vir junto, mamãe, não é nada perigoso. É legal mesmo!".

Puxo o bote de borracha para mais perto. Vou usá-lo para tirá-la da água. Não é fácil. Tenho pressa. Uma fivela do meu colete salva-vidas se enrosca no estai. Me solto. Puxo o cabo com tanta força que o bote, num estrondo, colide com o casco. Então me lanço sobre o guarda-mancebo e pulo. O bote é instável e eu pulo de mau jeito; uma perna descamba na água. Agora já não faz muita diferença. A água nem está tão fria, está boa, não vai ser ruim para nadar. Maria está perto. Primeiro tenho que buscar Maria. Tiro a perna da água e solto os remos que estão presos com travas no interior do bote. Apoio-os nas forquetas e remo em direção a Maria.

Está escapando ar do bote; a borracha se dobra sob o meu peso. Juntos, eu e Maria apelidamos o bote de Vazanunca. Vazanunca é o barco do Pequeno Capitão. Mas agora Vazanunca está vazando.

Maria está boiando cinquenta metros adiante, talvez cem, é difícil estimar distâncias no mar. Remo com as costas voltadas para ela, assim posso aplicar mais força. De vez em quando me viro para ver se ainda consigo enxergá-la entre as ondas. Lá está ela. No alto de uma onda. Boia tranquilamente. Remar me consome mais energia do que eu havia imaginado, o bote de borracha não estava de todo cheio ou já esvaziou quase a metade e praticamente se dobra em dois sob o meu peso.

Continuo remando. Falta pouco, estou perto de chegar, já posso sentir como será tirá-la da água e apertá-la contra o meu corpo — merda, esqueci de trazer a coberta. Devia ter trazido um cobertor. Por que só penso nisso agora?

De repente fica mais pesado remar, uma onda entra no bote. Agora remo sozinho no mar. A mais importante regata marítima de toda a história, e ninguém a presencia. Ninguém sabe. O faroleiro não, Hagar não, o pessoal do escritório não. Me sinto velho. Um homem velho. Me sinto como o remador em um sonho; o remador que não vai adiante, que rema na lama. Remo e remo e as pás quicam na água, tenho que empurrá-las melhor para baixo. Não pode mais estar longe.

Com ondas grandes, o bote se dobra ao meio e a água o invade. Água clara.

Meus remos sobem com filetes verdes pendurados. O barco passa sobre um campo de algas. As pás se enroscam e puxam as algas para cima. Não se vê o seu fim, de tão longos que são os diabólicos fios verdes.

Não posso empurrar os remos tão fundo na água, do contrário não vou adiante.

Tenho que empurrar os remos mais fundo na água, do contrário não vou adiante.

Talvez Hagar já esteja a caminho de Harlingen, sim, ela deve estar no carro, olhando sobre o Afsluitdijk, e em Kornwerderzand poderá ver o mar. Talvez pare ali um pouquinho, perto da comporta. Ali tem um mirante. Ela sai do carro. Vai ver um veleiro e pensar que somos nós. Mas não somos nós. Ainda não.

Vou remando. Remando com mãos feridas em direção à boia de marcação desbotada que eu penso ser a minha filha. Ainda não sei que é uma boia desbotada. Só descubro isso quando consigo livrar os remos das algas e remar até lá. Então me dou conta: Maria não está aqui. Aqui só tem uma bola de plástico alaranjado envelhecida pelas intempéries, que reboca consigo um amontoado de algas numa corda. A corda está cheia de percebes. Não tem Maria. Maria não está ali. É uma piada que estão fazendo comigo. Um teste. Tem alguém fazendo uma piada terrível comigo.

Quero que isso acabe.

Quando vejo de perto a boia de marcação, estou flutuando no Mar do Norte num bote de borracha metade vazio. Abro o zíper do meu blusão — está tão quente. Estou suando. A mão direita sangra; minhas mãos ficaram pálidas da água e estão cobertas de bolhas.

Estou de joelhos no bote, que agora está seriamente inundado. Puxo a corda com os percebes e levanto a boia para dentro do bote. Não sei por quê. Não tem propósito. O bote começa a afundar com o peso da boia. Coloco a boia para fora. Empurro com as mãos as laterais do bote, que se levantam; tenho que empurrá-las para cima para evitar que ele afunde, mas está cheio d'água e com uma onda eu perco o equilíbrio. O bote fica espremido embaixo de mim e espirra para longe, como a bola que antigamente a gente segurava entre os joelhos na piscina, até não conseguir mais contê-la.

Estou na água. O bote de borracha está ao meu lado, como um entulho. Uma carcaça cinza. Ainda seguro a boia de marcação. Meu colete salva-vidas inflou; é um colete automático que se enche de ar assim que toca a água. Fez "puf" e inflou; o colarinho por trás da minha cabeça é tão grande que comprime parte do meu rosto contra a água. Minhas botas estão cheias e me puxam para baixo, para o fundo — quem sabe não sejam minhas botas, mas uma sereia que me puxa. Ariel.

O colete salva-vidas me puxa para cima.

As botas me puxam para baixo.

A água não está fria. Está melhor do que eu esperava. Fica até agradável, assim que te envolve.

[21] **Grito por ajuda, ainda que não tenha ninguém para** escutar. Grito para ouvir a mim mesmo. Sou eu contra o mar. Eu contra mim mesmo e contra tudo o mais.

Porque estou na água, tudo parece maior. A boia desbotada se transformou num monstro alaranjado. O mar me levanta e vejo meu veleiro parado, uma mancha escura, talvez a duzentos metros de mim, embora eu não saiba com certeza. Vejo o longo braço do Brandaris raspando sobre a água, a cada quatro segundos. Posso quase sentir a luz do farol.

A cadência das ondas é agradável.

Me embalam para dormir.

Elas dizem: não há mais nada a fazer. Durma. Acalme-se. Nós cuidamos de tudo. Nós o embalamos de volta, de volta ao tempo em que você era uma criança, um bebê. E ainda mais longe no tempo, quando você não era nada. Não há mais motivo para se preocupar. Suas preocupações acabaram. Nós o embalamos de volta. Nada mais é necessário.

Uma onda quebra sobre mim, espumante. Bate bem no meu rosto, como um boxeador, e eu acordo. Preciso fazer alguma coisa. Ainda há uma chance. Preciso retornar ao barco e encontrar Maria; ela tem que estar em algum lugar.

Tento nadar em direção ao barco, que só consigo ver quando flutuo no alto de uma onda. Vejo meu veleiro, não o vejo — como se alguém me pusesse uma venda e em seguida a retirasse. Tenho que nadar. O barco é minha única chance. O barco está bem longe; como se há muito já não fosse o meu veleiro. Talvez seja um outro. Talvez eu já esteja em outro lugar.

Começo a nadar. O colete salva-vidas atrapalha. Quando nado, as ondas o puxam. Me arrastam para trás, para a esquerda, para a direita ou para o fundo — nenhuma onda me leva em direção ao barco. Por causa do colete, fico alto demais na superfície da água para conseguir nadar direito. Minhas botas me puxam para baixo. Viraram botas de chumbo.

Me debato para tirá-las embaixo d'água. Tateio o bolso costurado por fora da calça impermeável. Ali está o canivete. Meu canivete de velejar. Sempre no mesmo bolso da calça, para quando for necessário. Até hoje, nunca utilizei. É um canivete de mola, de aço inoxidável. Seguro-o sobre a água, diante do meu rosto, e o abro. Isso me custa energia. Minha mão direita começa a sangrar de novo. Seguro o canivete acima da superfície e tento furar o colete salva-vidas. Ele quica. É um colete caro, feito para não romper, mas agora tem que ser furado.

Eu espeto e espeto até fazer um rasgo. Ele esvazia com um assobio. Agora estou no Mar do Norte ao lado de um bote de borracha danificado e um colete salva-vidas talhado em farrapos. Tiro o colete e nado. Deixo o canivete cair da minha mão e ele afunda embaixo de mim. Não preciso mais dele, nem tenho forças para enfiá-lo de volta no bolso da calça.

Minhas pernas pedalam na água. O barco fica mais perto. Se afasta. Está perto. Se afasta. Cada vez que levanto a cabeça para inspirar, o barco está em outro lugar. Mas vou chegar até ele, tenho que chegar, tenho forças suficientes para nadar por uma noite inteira, para nadar até a praia de Terschelling, para nadar até Harlingen com Maria em minhas costas. Vou levá-la para casa. Eles lá ainda vão ver do que sou capaz.

O veleiro. Ouço o motor a diesel espirrando. O motor esguicha água. O barco recua. As ondas o empurram para trás. Primeiro a água levanta a popa, depois a proa, uma gangorra de poliéster.

Flutuo ao lado e mal posso manter minha cabeça acima da água. O casco se eleva sobre mim, como a encosta de uma montanha. Nado até a escadinha, mas ela não está para fora.

“Merda!”

A primeira coisa a fazer é sempre baixar a escada antes de ir nadar no mar. Maria? Você entendeu? Sempre baixar a escada, senão você não consegue mais subir a bordo.

Debaixo d’água, tiro meu blusão. Ele fica pesado e estou com calor. Depois de tirá-lo, ele boia à deriva, quase submerso. Como uma gaivota, um alcatraz com as asas abertas.

Tento raciocinar.

Sem a escada não tenho como subir a bordo. O que fazer então?

Tenho que esperar por uma onda grande que me empurre para o alto do casco. Depois tenho que me agarrar à amurada, mas como vou conseguir colocar a perna por cima do guarda-mancebo? Tenho que tentar. Não há outra possibilidade. Espero uma onda grande, tomo fôlego e me agarro ao casco. Tento me segurar na borda da amurada, mas caio de novo na água. Caio mais uma vez. E mais uma vez. A mão direita ainda sangrando. Meus olhos ardendo com o sal.

Nado até a popa e tento soltar a escada, mas não consigo. O movimento do mar levanta a popa e eu fico pendurado como um ginasta na barra.

"Cuidado com o escape", digo a mim mesmo. "O escape é muito quente."

Quanto tempo dura. Que horas são. Onde estou. Por quê — nada importa. A única coisa que importa é subir a bordo para que possa salvar minha própria vida e também a de Maria. Mais tarde. Talvez.

A escolha foi minha. Eu queria aventura. Quando lemos aventuras, são histórias de heróis. O homem contra a água. O homem contra a montanha. O homem contra o mundo selvagem, contra a natureza. Mas agora que eu mesmo vim parar numa aventura, ela não tem nada de romântico. Faz um frio de rachar.

Pessoas normais evitam aventuras — elas têm razão. Quando você escala uma montanha, seu destino está nas mãos da montanha. E a montanha se importa se você cai ou não?

Meu destino está nas mãos do mar. E o mar se importa se eu fracassar? Até agora, vi o mar como aliado, um amigo com quem eu podia unir esforços. Eu tinha três amigos de verdade: Hagar, Maria e o mar. Mas o mar não pode ser seu amigo. A água não tem sentimentos nem história. Não faz nada, simplesmente existe. Se te mata, se te afoga, não há nada por trás disso a não ser a sua própria burrice. O mar não é amigo e também não é inimigo.

O fato de você estar ali, na água, é o que é. Que todo o seu futuro dependa disso, o seu e o dos outros — a água não pode fazer nada a respeito. Não importa bulhufas para a água.

O problema das pessoas é que humanizam tudo. Acham que a água tem um plano. Querem ser mais fortes que a água, quando na verdade é só água: água sem pensamentos, sem segundas intenções.

Nado em direção à proa. Mal consigo manter minha cabeça acima da superfície. Aquela água está insuportavelmente quente. No guarda-mancebo da proa há um cabo que Maria enrolou. A ponta está solta e pende da grade até metade do costado, tocando a água quando a proa desce numa cava entre uma onda e outra. Se conseguir pegar o cabo, tenho uma chance. Talvez.

Observo o movimento do mar e a ponta da corda, que se movimenta junto. Para cima. Para baixo. Para cima. Para baixo. Escolho uma onda e alcanço o cabo com a mão di-

reita — a dor! a dor em minha mão! —, puxo a corda para

mim e espero a próxima onda, uma grande, a maior até agora, e então a proa afunda na água, sobe de novo e eu, agarrado ao cabo, jogo a perna direita sobre o guarda-mancebo. Me penduro no barco com a mão direita sangrando segurando na grade e um pé na borda.

Agora para cima. Ainda não cheguei lá. Suspendo meu corpo. As bolhas nas minhas mãos se abrem. Me alço. A bordo. Rolo por cima do guarda-macebo para a passagem lateral. Poderia ficar deitado ali. Uma foca meio morta. Mas não me dou esse tempo. Me ergo segurando no estai e vou vacilante para o cockpit, onde tudo ainda permanece do mesmo jeito que estava quando pulei no bote de borracha, no mar. Há tanto tempo.

Vejo minha localização no aparelho de navegação. A posição praticamente não mudou. O vento levou o barco para um lado, a corrente o trouxe de volta. Assim o veleiro ficou no lugar, como se estivesse ancorado. Como se esperando por mim, um cão fiel. Por mim e por Maria.

Estou no cockpit junto ao leme. Escorre água das roupas que ainda visto. Uma camiseta e uma calça impermeável.

Olho no relógio.

São cinco da tarde.

[22] **Agora devo mesmo pedir ajuda. Que venham com seus** barulhentos barcos de resgate, com seus helicópteros, com suas perguntas.

Não dou conta sozinho.

O cobertor de nuvens se racha e abre, como argila seca. O sol cai suave pelas frestas, sobre o barco, sobre mim. É um sol de tarde sobre o mar azul. O anel de areia que cerca Terschelling agora é dourado.

Enrolo um pano de prato na mão direita. Minha mão já não parece uma mão. Deveria pegar a caixa de primeiros socorros, mas não pego. Ligo o rádio VHF.

Pego o fone com a mão esquerda e digo: "Ei, Brandaris. Para o veleiro *Ishmael*. Câmbio."

 Não vem resposta.

Falo muito baixo.

Tenho que falar mais alto.

Tenho que dizer "*mayday*", e quero dizer, mas a palavra não sai.

Baixinho digo: "Brandaris, Brandaris, Brandaris. É o veleiro *Ishmael*, para uma emergência. Você me escuta? Câmbio."

Um ruído sai do rádio.

Ouço uma voz: *"O que você disse?"*.

Falo: "Brandaris, *Ishmael*. Eu queria, hã, queria só avisar que vamos entrar no Stortemelk, logo, logo. Eu. Que depois continuo para Harlingen. Queria só avisar. Apenas porque pensei que..."

A voz diz: *"O que você disse? Não ouvi direito"*.

Digo no rádio: "Brandaris, é, bem... deixe pra lá. Só queria avisar mesmo... Pode deixar. Vocês estão ocupados com outras coisas. Sou só um barquinho, aqui fora, no mar, um comandante de barco de passeio. Eu me viro. Câmbio. Desligo".

A voz chega mais perto: *"Ah! Você está falando no rádio. Que horas são? É muito tarde? Já chegamos"*. Ela boceja. *"Já estamos com a mamãe?"*

Deixo cair o fone do rádio da minha mão.

Espreito dentro da cabine. Ela tem olhos pequenos. Ainda está de pijama. Sinto seu calor, mesmo que ela esteja um pouco afastada de mim. Maria diz: "Estou com fome". Ela sai da cabine, olha o mundo ao seu redor e vem parar diante de mim.

"Papai", ela diz. "Papai, por que você está olhando de um jeito tão estranho?"

[23] **Isto é estranho. Isto eu não entendo. Ela está na minha** frente. Ela não desapareceu. Procurei por Maria e agora ela está na minha frente, como um espírito das águas.

"Papai", diz. "Já estamos perto?"

A única coisa que posso fazer é fingir que nada aconteceu. Se contar a ela sobre a noite, sobre a boia de marcação e o bote que esvaziou, sobre a escada que não fora baixada, isso vai fazer apenas com que ela fique inquieta. Agora, que já estamos quase chegando.

"Vou fazer xixi", fala Maria enquanto boceja. "Já volto."

O banheiro.

Subitamente compreendo o que deve ter acontecido. É lógico. Ela foi ao banheiro essa noite, é isso. Exatamente no momento em que vasculhei o camarote. Ela estava no banheiro enquanto eu a procurava. Por que só agora me dou conta disso?

Maria vai com frequência ao banheiro durante a noite. Em casa também faz isso. Então ouço a porta de seu quarto se abrir, seus passinhos de menina na escada. Fico escutando como ela sobe de novo a escada, vai se deitar na cama com um suspiro, apaga a luminária.

Faz isso todas as noites, em casa. E em nenhum momento pensei que no mar ela também faria.

Revirei toda a cabine, os armários, levantei as tábuas do chão e olhei nos baús, subi no mastro. Mas me esqueci do banheiro.

Ela não estava querendo brincar, só tinha ido fazer xixi. Nunca saiu do barco. Imaginei uma história e acabei acreditando nela. E essa história quase me custou o pescoço.

Meu corpo está fumegando sob o sol. Primeiro tenho que fazer café. O cansaço pesa sobre a minha cabeça. Mal consigo pensar. Os meridianos em meu cérebro se soltaram e se enrolaram uns nos outros. Está um caos.

Maria nunca passou pela gaiuta, não caiu no mar. Enganei a mim mesmo. Toda a busca não era necessária. Ela foi ao banheiro, acordou e voltou para a cama, onde continuou dormindo enquanto eu a procurava. Enquanto eu estava na água — eu podia ter me afogado.

Se eu tivesse permanecido na água, Maria teria que procurar por mim. Então não seria ela quem teria desaparecido, mas eu.

Será que ela faria isso? O que faz uma criança quando é deixada sozinha no mar?

Foi um erro. Cometi um erro. Algo fez com que no final as coisas dessem certo. Algo deu às nuvens a ordem de deixar meu barco em paz. A tempestade que eu previa não aconteceu.

Tento não pensar a respeito. A viagem ainda não terminou.

Falo. Estou parado na entrada da cabine e conto a Maria o que aconteceu. Maria está dentro, não consigo vê-la. Falo alto. Conto a Maria que a tinha perdido e que fui procurá-la. Conto sobre minha mão direita. O sangue traspassou o pano de prato. Meus olhos. Tem alguma coisa nos meus olhos. Eles ardem e, quando esfrego, vejo pontinhos pretos dançando. Tenho que me manter alegre e forte. Quando você está alegre e forte, seu filho também fica.

"Burrice minha, né, Maria?", digo. "Ter ido te procurar e não ter nem baixado a escadinha! Por sorte ainda tinha um cabo pendurado na proa."

Ela não responde. Foi brincar com suas barbies, eu acho. "Deite tranquila aí no camarote", proponho. "Aí está quentinho. Já, já vou fazer um chocolate quente."

Está frio. As nuvens foram embora, o céu se abriu e o sol abraça meu barco, mas o frio, de onde ele vem?

Vou fazer chocolate quente, mas primeiro tenho que tirar a roupa. Está grudando na minha pele. Primeiro tenho que me livrar do frio, que agora toma conta de mim: estou tremendo. Preciso comer também. Sopa. Pão.

Ela está aqui. Não desapareceu. Isso deve ser o suficiente para me manter firme.

Ando pelo convés, descalço, em direção à proa, tentando não topar com os cabos e blocos que estão na passagem. Por que estas coisas estão ali? O convés estava todo arrumado. Quem fez esta bagunça?

Me ajoelho ao lado do paiol de âncora; a proa está virada para a ilha. Abro o paiol e procuro a âncora, que nunca foi tão pesada. Está presa a uma corrente, que também nunca foi tão pesada. Jogo a âncora na água e volto tropeçando pelo convés, entro na cabine e visto roupas secas.

"Bem", digo a Maria. "Choveu e ventou bastante, fiquei com frio. Mas agora o tempo vai ficar bom."

Ela comenta: "*Hmmmmm*".

"Aff", faço, "sorte a sua que estava dormindo, foi uma noite e tanto. E o papai fazendo o turno do cão, hein? Da próxima vez, faz você a vigília — brincadeirinha. Está tudo bem. Mais um pedacinho e estamos lá. Já ligo para a mamãe para avisar que estamos quase chegando. Quer pilotar nesta última parte? Ai, como estou com frio. Primeiro vou preparar uma sopa. Ou qualquer coisa."

Maria diz: "Dorme um pouco, papai. Agora pode, sim".

Vou me deitar no banco a bombordo.

Desperto.

São duas da madrugada. Ela pôs dois cobertores sobre mim, dois cobertores quentes de lã de ovelha que comprei nas Hébridas, na costa oeste da Escócia. Comprei-os de uma mulher que disse que ia esfriar. Que o fim do verão sempre chega mais rápido do que a gente imagina. Mesmo no verão o Mar do Norte é frio.

Ela me deu os cobertores praticamente de graça. Cheiravam a banha de ovelha. Eram bastante quentes. Tão quentes! Como braços de mulher envolvendo meu corpo.

Preciso navegar.

Preciso ligar para Hagar para dizer que está tudo em ordem. Ela deve estar se perguntando onde estamos.

Estou exausto, o cansaço me empurra de volta para o banco.

Durmo.

São quatro horas.

Me levanto. Procuro minha lâmpada de mineiro. Não está mais aqui. Remexo num armário e encontro uma lanterna. Saio com ela entre os dentes e vou para o cockpit.

A noite cobriu de novo o meu barco. A proa já não está mais apontada para a ilha. É uma noite clara. O Brandaris estende seus dedos e vejo quatro outros faróis alinhados.

Texel, Vlieland, Ameland, Schiermonnikoog. Brilham todos para mim. Para nós.

Chamo lá para dentro: “Ei, Maria! Veja os faróis brilhando para nós!”.

Ela não responde. Deve estar de novo distraída com as barbies. Ou está dormindo. Claro, deve estar dormindo, com certeza. Ainda é cedo. Ela não falou muito desde que a reencontrei, prefere ficar no camarote de proa. Eu entendo. Ali é seguro. Espera ali até que cheguemos em casa. Por mim, Maria não precisa vir para o convés. Posso me virar sozinho. Também disse isso a Hagar — por mim, Maria pode fazer o que quiser. Velejei sozinho ao redor da Grã-Bretanha, então devo conseguir fazer esta parte também.

A noite está fantástica. O luar é de halogênio. As boias piscam para mim. Mesmo sem seus pisca-piscas eu as vejo bem, com seus corpos volumosos. Com suas âncoras profundas, no fundo do mar.

Me fazem pensar no escritório. Nas pessoas da empresa que são bem como estas boias aqui, rebitadas com uma âncora no chão. Bamboleiam um pouco sobre a água, e é esta a vida delas. Não podem ir para nenhum outro lugar e ainda acham isso bom. Suas âncoras dão segurança.

“Bom dia, boias!”

Estou alerta. Estou bem de novo.

Vou para dentro, abro o forno e pego o celular. A bateria está quase acabando mesmo. Assim que o tenho em minhas mãos, chega um novo SMS.

De: HAGARcel
Onde vc está? Aqui no hotel agora, preocupada.

Envio um SMS em resposta.

Para: HAGARcel
Não se preocupe. Probleminhas com motor + 5 hs para chegar bj

Se acelerar, chegamos ainda esta manhã a Harlingen. Eu dormi, já não está muito longe, estou em forma, tenho que manter minha concentração. Antes que percebam, estarei de volta.

Dou partida no motor. Iço a vela grande, que balança calmamente contra o mastro, soltando gotas finas. A vela reflete o luar. Solto a escota da grande, folgo as adriças, deixo esticar o amantilho, caço o burro — posso lidar com todos os cabos de olhos fechados. Posso comandar este barco às cegas até em casa.

Minha mão direita dói. Faço uma atadura com um pano de prato limpo.

Ando até a proa e puxo a âncora. A corrente está molhada. O novo pano de prato fica encharcado e minhas mãos ardem com a água salgada. Mas tenho que recolher a âncora. Puxo-a para cima e a jogo no convés.

Vou até a popa e empurro a cana do leme para o lado. O barco vira a bombordo, acelera, faz de novo um zunido. O vento empurra o veleiro pela água da mesma forma que fez tão bem nos últimos meses. Motor desligado. O motor ficou ligado por horas, o diesel deve estar quase acabando.

Ainda tremo. Mas estamos velejando, meu barco, Maria e eu. Velejamos e tudo o que ficou para trás, ficou para trás.

Se fosse preciso, eu voltaria até Thyborøn. Sem problemas!

"Ok, Maria", digo. "Resolvemos isso muito bem. Agora é só prestar atenção por um par de horas e estaremos lá."

Continuo falando com ela assim.

Ela ainda está dormindo, acho. Pode dormir. Quando ligar o piloto automático, vou ficar um pouquinho com ela. É uma grande menina. Colocou os cobertores sobre mim esta noite. Uma criança de sete anos que cobre seu pai é uma criança especial. Ela é mais forte do que eu.

Falo comigo mesmo. Isso ajuda. Me faz ficar concentrado. Não há mal nenhum em falar consigo mesmo.

"Vamos fazer direitinho", digo. "Ficar entre as boias, Maria. Dentro da via de navegação. Assim nada pode acontecer."

Ligo o VHF, chamo o Brandaris e digo ao faroleiro que o *Ishmael* agora está mesmo a caminho de Harlingen.

Ele diz: *"Éééé, nós já estávamos nos perguntando: será que aquele iatezinho ainda vai se mexer? Mas pelo jeito o senhor está com tempo"*.

Respondo: "É isso mesmo. Esperei um pouco até que a chuva passasse. Aquelas nuvens não estavam com uma cara boa. E as férias ainda não acabaram, então queremos aproveitar o mar".

"Que bom", diz o faroleiro. *"E nós, só trabalhando."*

É um homem simpático, o faroleiro. Com certeza teria me salvado, se eu tivesse ficado na água.

Não quero nem pensar.

O que aconteceu lá na água não existe mais.

Se eu pensar por tempo suficiente que não aconteceu, então não terá acontecido.

Velejamos.

Conto as boias, elas me dão segurança. Eu as chamo pelos nomes em voz alta. Cada vez grito seus nomes mais forte. "Terschelling Grounds! Stortemelk Sul 6! Stortemelk 2! Stortemelk 4! Stortemelk 6! Vliestroom 3! Vliestroom 9! Inschot 1!"

E passamos ao longo delas zunindo. Pelas boias. Como um Maglev. Numa montanha-russa. Nem preciso fazer nada, tudo vai por conta própria. Quando velejo assim, tenho vontade de continuar velejando e nunca mais voltar para a terra firme. Dar mais uma volta ao redor da Inglaterra e partir para o oceano. Mas não dá para fazer isso com uma criança a bordo. Uma criança adorável. A mais adorável. Dormindo no camarote de proa.

Deus, como tive medo quando ela desapareceu. Não desapareceu. O mundo todo teria se voltado contra mim se eu chegasse ao porto sem ela. Não, aí eu não teria regressado. Teria continuado a velejar até não poder mais.

Não devo mais pensar nisso. Tenho que esquecer toda essa história, é o melhor. Não importa mais. Afrouxo o pano de prato. Olho para minha mão branca, ferida. O sangramento praticamente estancou. Logo a pele sara e não vai dar para ver mais nada. Nenhuma cicatriz, nada. Então só restarão as belas lembranças.

Enrolo de novo o pano de prato na mão.

"Durma bem, bonequinha!", grito para dentro da cabine. "O papai leva você para casa."

Sei como ela respira quando dorme. Conheço minha filha tão bem que chego a sentir como ela respira, deitada lá no camarote de proa, segura e quentinha.

O barco deixa uma esteira de espuma que lentamente se dissipa. O rastro de um jato no céu, a trilha de um avião. A maré pegou o barco e passamos zunindo por Vliestroom, pelo Richel, o banco de areia que foi ocupado por milhares de pássaros de uma só vez. Eles dançam e cantam, os pássaros, como um comitê de boas-vindas. Eles pertencem a este momento. Pertencem à minha viagem. Quase posso compreender o que dizem.

Há focas nos bancos de areia.

"Estou vendo as focas no Richel, Maria!"

Estão deitadas como salsichas gordas na areia. Algumas rastejam para a água, se assustam com o barco. Torcem seus corpos como animais de circo.

Amanhece rapidamente. Como se alguém, com um movimento único, abrisse a persiana. Uma luz matinal fresca, brilhante, clara. O Mar Frísio. O Mar Frísio ganha vida. E por trás tenho o vento. Vejo barcos navegando. Um pescador. Mais pescadores. Os mastros de um clipper. Velejo pelo sul da ilha de Griend, onde não mora ninguém e onde eu gostaria muito de morar. Vejo os contornos da costa, a retidão de esquadro do Afsluitdijk, os armazéns de Harlingen. A grande silhueta cinza do mundo habitado.

Eu deveria comer alguma coisa. Ou beber.

Não tenho mais nenhuma fome. Nenhuma sede. Isso tudo virá daqui a pouco. Quando contar a Hagar que, no mar, me tornei eu mesmo.

Espero que Hagar fique contente quando eu entrar no porto. Talvez fique até orgulhosa. Imagino como ela estará esperando no cais. Como vai acenar para mim. Preciso inventar uma coisa especial, algo que possamos fazer juntos. Um presente — esqueci de comprar um presente para ela.

Então vejo a barragem. A longa barragem que se estende de Harlingen pelo mar adentro. Me oriento por ela. A barragem é como o corrimão ao longo de uma escada. Se me guiar por ela, chego a Harlingen sem dificuldade.

Uma balsa me ultrapassa. Está cheio de gente. São pessoas que também voltam das férias; aceno e solto brados para as janelinhas. Penduraram bandeirinhas na balsa. Olha só! Um barco cheio de bandeirinhas e pessoas festejando. Teriam pendurado as bandeirinhas para mim?

Grito para eles.

"Ahá, gente! Um barco à vela! Levando pai e filha! Velejando desde a Dinamarca sem problemas!"

"Ahá, isso sim é um belo retorno ao lar. A arte de navegar, gente. Aventura!"

Deus, como minha mão direita dói. Como estou atordoado. Meus joelhos. Meus joelhos batem um contra o outro. Deus, como está frio também.

Mas endireito as costas quando entro no porto de Harlingen. Deixo a coluna ereta, a postura de um vencedor.

[24] **Hagar espera por seu marido que vem do mar. Ele se** chama Donald e passou três meses viajando sozinho. Ela está curiosa para ouvir suas histórias.

Hagar está perto do Noordersluis, em Harlingen. Dali ela tem uma boa visão do ancoradouro. Não acontece muita coisa no porto. Os barcos ficam dormitando encostados no cais. Há apenas um navio de dragagem cruzando para dentro e para fora. Está dragando os canais do Mar Frísio. Quando enche, volta para o porto para descarregar a lama.

Há poucas pessoas em Harlingen esta manhã. E as que estão ali se mantêm silenciosas.

O Noordersluis tem um guardião que de vez em quando olha para Hagar. Ele fica sentado num escritório com janelas em toda a volta e espera pelo momento em que deve fazer alguma coisa.

Lá está Hagar, como uma estátua. Ela aperta o celular na mão direita. De vez em quando liga para seu marido, mas ele não atende.

O úlltimo SMS que ele enviou foi hoje de manhã cedo.

Para: HAGARcel
10 milhas acima Tersch. Espero amanhecer. Td bem a bordo, mas chove, ETA Harlingen 12h. Mta diversão jts. Bjs

Chegada ao meio-dia. É agora. Ela tinha se perguntado o que significava "jts". Talvez fosse um erro de digitação. Ela manda um SMS em reposta:

De: HAGARcel
Ok. Divirta-se.

Depois disso, Hagar não teve mais notícias de Donald.

Ela olha para o porto, mas não vê nenhum movimento. A primeira coisa que espera ver é o mastro do veleiro, que se eleva acima dos píeres. Além disso, não espera mais nada, somente que Donald volte diferente de como partiu.

Os meses sem Donald foram bons. Mais tranquilos. No início ele telefonava todos os dias, depois cada vez menos. Parecia mesmo que ninguém tinha realmente sentido sua falta. Isso ela não devia contar para ele. Ele é muito sensível a essas coisas. Ficaria arrasado, imagina. Leva essas coisas muito a sério.

Hagar também pensa na carta de demissão que foi entregue ontem. Ela trouxe a carta consigo. Nela está escrito que Donald não aparece no escritório há três meses. O diretor sentiu muito, gostaria de ter tido uma conversa pessoal com Donald sobre isso, mas não conseguiu contatá-lo. "Você deve compreender que este será o fim de seu contrato de trabalho."

Hagar supunha que tinham cometido um erro: o departamento de RH com certeza havia deixado passar alguma coisa. Um formulário que tinha se perdido entre centenas de formulários que são processados diariamente pela empresa. Eles o reencontrariam. Donald organizou bem seu período sabático. Ele chegou em casa e disse: "Querida, vou até receber salário nestes três meses, de tão contentes que eles estão comigo".

"Desejo-lhe muito sucesso em sua carreira daqui pra frente", dizia a carta do diretor.

Daqui a pouco, quando estivermos de novo em casa, Donald tem que ligar para ele imediatamente, avalia Hagar.

As nuvens se abrem sobre Harlingen, é um dia bonito. Hagar olha para o guardião da eclusa em seu escritório de vidro. Ele acena. Deve estar se perguntando por que ela está esperando, e por quem. Hagar olha para a tela de seu celular. É meio-dia e meia.

Olha para Maria, que está a seu lado.

Ela está crescendo tão depressa, Hagar pensa. Tem um olhar tão perspicaz.

Maria pergunta: "Aconteceu alguma coisa com o papai?".

"Não", diz Hagar. "Nós é que chegamos um pouquinho cedo."

[25] **Maria está ao lado da mãe. É uma menina determinada,** com cabelos compridos e louros em tranças. Tem a mesma postura que Hagar: muito ereta.

"Pode ser que a gente tenha que esperar mais tempo do que pensávamos", comenta Hagar. "Mas não tem problema, não é? Daí vai ser até mais legal quando ele chegar."

Maria está com uma mochila em formato de baleia. Na mochila ela tem um desenho para o pai e um barquinho de massa de pão que ela fez também para ele. Um barco à vela com o nome ISHMAEL pintado em letras maiúsculas. O mastro é um palito de espetinho no qual ela colou um papel, a vela, onde também escreveu ISHMAEL bem grande. E SUPERPAI.

No carro, a caminho de Harlingen, o palito tinha quebrado. "Tomara que papai não fique bravo", disse Maria.

"Claro que não. Depois nós consertamos", assegurou Hagar.

Maria e Hagar estão como duas estátuas junto ao Noordersluis. É uma e meia. O guardião da eclusa abre a janela de seu escritório e grita: "Estão esperando por alguma coisa, senhoras?".

Hagar responde: “Pelo meu marido”.

Maria grita: “Papai vai chegar daqui a pouco com o barco!”.

O guardião grita de volta: “Que tipo de barco é?”.

Maria: “Um barco à vela! Ele é vermelho e se chama *Ishmael*!”.

O guardião: “Ainda não o vejo chegando. Daqui consigo ver um bom pedaço de mar, mas nenhum veleiro, ainda. Nem no radar. Vou ficar de olho para vocês”.

Maria segura a mão de sua mãe.

“Obrigada!”, grita Hagar.

“Você acha que o papai vai achar o meu barquinho bonito?”, Maria pergunta.

“Claro”, diz Hagar. “Você sentiu saudade dele?”

“Claro”, diz Maria.

Hagar caminha até o guardião e dá a ele o número de seu celular.

“Vou caminhar um pouquinho. O senhor pode me ligar quando vir o barco do meu marido?”

"Sem problemas", diz o guardião. "Um barco vermelho chama atenção. Vou ficar de olho."

Hagar e Maria se afastam do Noordersluis e vão caminhar por Harlingen. Compram roupas na Hema. Comem misto-quente no Noorderhaven. Dão uma olhada numa loja com luminárias náuticas de cobre e pinturas a óleo de navios à vela, em batalhas com o alto-mar e contra si mesmos.

De vez em quando elas veem um iate chegar ao porto.

Então o guardião telefona.

"Senhora, já são seis horas e eu ainda não vejo nenhum veleiro vermelho. Meu turno terminou, vou para casa, mas vou perguntar ao meu substituto se ele pode ligar para a senhora caso veja alguma coisa. Está bem?"

"Está bem", diz Hagar. "Muito obrigada."

"Não se preocupe", diz o guardião.

"Não, não vou me preocupar. Obrigada", responde Hagar.

Mãe e filha jantam no terraço do hotel-restaurante Zeezicht, e às oito horas Hagar vai até a recepção para reservar um quarto. Quer um com vista para o mar.

[26] "Então, senhoras", diz o recepcionista. "Perderam o barco para Terschelling? Ultimamente só recebemos aqui pessoas que perderam o barco."

"Não, viemos buscar o papai", diz Maria. "Mas ele ainda não chegou, pode ser que ele chegue amanhã."

"Vem com seu veleiro", diz Hagar. "Está sozinho. Vamos esperar por ele."

"Mulheres que esperam por seu homem", brinca o recepcionista. "Assim é que deve ser. Onde é que ainda se vê isso hoje em dia? Minha própria mulher quer mais é que eu desapareça."

Ele mesmo ri alto.

"Vou dar a vocês o quarto do canto. É o mais bonito."

O quarto é grande e tem vista para a bacia do porto, os píeres e o mar. Hagar apaga as luzes do aposento, abre as cortinas e vê a água brilhando. É uma noite clara, ela pode enxergar o mar até bem longe e vê como as boias flutuam na água. A maioria tem luz. Balançam juntas sobre o mar. Todas aquelas lâmpadas. Os canais de navegação. Cada boia tem seu próprio pisca-pisca: dois segundos, três segundos, rápido, lento.

"Parece uma estrada", compara Maria.

"Vá dormir", diz Hagar. "Eu te acordo assim que avistar o papai."

Ela deixa as cortinas do quarto abertas. Deixa também as janelas abertas. Lê para Maria um trecho de *O Pequeno Capitão* e, quando ela dorme, Hagar se senta numa cadeira e fica olhando para fora, com o celular sobre uma mesinha.

Ela espera e observa como a noite desliza madrugada adentro. De vez em quando vê as luzes de um navio na bacia do porto, mas são embarcações profissionais, não veleiros.

O navio de dragagem ainda cruza pra lá e pra cá. Hagar tenta dormir, mas não consegue. Às vezes se levanta da cadeira, anda até a janela e acompanha com os olhos os cordões de pisca-piscas vermelhos, verdes e brancos. Precisa de binóculos, mas não se atreve a ir até a recepção para pedir. A chance de que eles tenham binóculos na recepção também não é grande.

Pensa em Donald. Em suas tentativas de ser um bom pai. Donald sempre faz o melhor que pode, em tudo. No trabalho. Para ela. Para Maria. Mas nunca dá certo. Por onde Donald passa, espalha a própria intranquilidade.

Atrás de Hagar, Maria se vira na cama de carvalho. Suspira. Dorme um sono agitado.

Homens são muito imprevisíveis para as crianças, acredita Hagar. O seu, pelo menos. Isso deixa as crianças agitadas. Talvez, ela pensa, Donald ainda seja criança demais para poder ser pai.

Com o tempo, Hagar passou a diferenciar dois tipos de pai. O primeiro tipo não quer saber dos filhos, não compreende nada e não quer lidar com eles — estes são os pais estáveis, que veem a família como algo que eles devem manter. Como se mantêm uma casa ou um carro. Uma família bem mantida é para esse tipo de pai um símbolo de status. Crianças arrumadinhas que fazem tudo certinho são tão importantes quanto um novo BMW.

O segundo tipo são os pais bonachões, que se debruçam com entusiasmo sobre os filhos e esperam de tudo como recompensa. Esses pais se esforçam muito. Cresceram com a ideia de que homens e mulheres são iguais. Mas isso à custa da transparência, pensa Hagar. Se todos são iguais numa família, o caos surge espontaneamente. Crianças não entendem isso, ela acha. Crianças precisam de clareza e de hierarquia.

Donald pertence ao tipo bonachão. E ela precisa lidar com isso.

Agora espera por ele, num quarto de hotel com vista para o mar. Está preocupada. Olha para o telefone. Levanta-se de novo e olha para o mar vazio. Queria tanto ver as luzes de navegação do barco dele.

Então Hagar liga para a guarda costeira. Adiou isso por ser algo tão definitivo. Quem telefona para a guarda costeira é porque admite o problema.

Ela liga, é transferida, e a linha é atendida por um homem, um faroleiro do Brandaris.

"Meu marido está a caminho de Harlingen com seu veleiro", conta Hagar. "Ele deveria ter chegado ontem, mas ainda não apareceu."

"Homens", diz o faroleiro. "O que fazer com eles."

Faz silêncio por um instante.

"O senhor sabe qualquer coisa sobre um veleiro?", pergunta Hagar. "Ele está vindo da Dinamarca. De Thyborøn."

"O nome do barco, senhora? Quantas pessoas a bordo? Porto de partida?"

Ela responde sem refletir: "*Ishmael*, uma pessoa, Thyborøn". Escuta o faroleiro digitar os dados.

"Cor do casco, cor das velas, último contato? Última posição dada?"

"Só não sei exatamente a posição. Recebi um SMS que dizia que ele estava acima de Terschelling. Mas isso já faz quase um dia."

"A senhora pode ser mais específica? A posição. Precisamos saber a posição. É muito difícil esquadrinhar metade do Mar do Norte em busca de um pequeno veleiro, minha senhora. É impraticável."

"Desculpe, eu não sei. No SMS ele dizia que estava dez milhas ao norte de Terschelling, abaixo da rota dos navios. Só isso. Eu não sei. Antes soubesse."

O homem silencia, mas Hagar escuta um ruído, rumor de papéis remexidos.

"Acho que eu sei a qual barco a senhora se refere. Tem um ancorado não muito longe do estreito de Stortemelk. Já está ali há algum tempo e tenho um recado aqui do meu colega pedindo que eu preste atenção nele. Não há muito o que observar, pois ele está parado, mas na verdade é estranho, nunca vemos isso por aqui, barcos pequenos parados por tanto tempo ao Norte. O nome — tenho o nome aqui na tela. Deixe-me ver. *Ishmael*. É esse o veleiro do seu marido?"

Hagar diz que sim.

Ela está diante da janela e sente frio. O vento entra. Maria sussurra durante o sono. Está atravessada na cama. Hagar pensa no veleiro, na cor do casco, nas velas novas, no quanto se sentiu aliviada quando o viu partir. Donald no leme, acenando exageradamente. Ele fez o melhor que pôde para parecer forte.

Como estava orgulhoso. De si mesmo e do seu lindo barco.

Em nenhum momento ela pensou que algo poderia dar errado.

Deveria ter sido mais cautelosa? Ela praticamente não tinha se envolvido com os preparativos. Não tinha sequer dado uma boa olhada no barco antes que ele partisse. Confiava.

Mais um pouco e estaria se culpando por coisas sobre as quais não podia fazer nada.

Ouviu o faroleiro falar de novo.

"Senhora? Ainda está aí?"

"Sim, estou aqui."

"É, o *Ishmael*. Agora já sei. Nós o assinalamos no radar. Chamei pelo rádio, mas não há nenhuma resposta. Ele está ancorado. Deve estar dormindo agora. Talvez esteja esperando amanhecer — eu não me preocuparia, senhora. Talvez esteja esperando o fim do temporal. Havia uma nuvem-rolo muito atípica sobre o mar. Também não vemos isso com frequência. Se eu estivesse comandando um barco tão pequeno também esperaria a nuvem-rolo passar. Ela pode gerar vento e, se está navegando entre os bancos de areia, o barco pode ser empurrado para cima... Já vi isso acontecer antes."

"Então o senhor acha que ele..."

"Sim, acho que ele está esperando aquela nuvem-rolo ir embora. Amanhã o tempo vai abrir, a previsão é de tempo bom. Se amanhã ainda não houver nenhum movimento a bordo, enviamos um barco para checar. Está bem assim?"

"Ele fez contato antes? Disse alguma coisa? Telefonou ou chamou pelo rádio?"

O faroleiro remexe em papéis. Ela o escuta digitando de novo.

Então ele diz: "Siiiiim, tem algo aqui. Meu colega anotou uma coisa, sim. Houve contato. Ele disse... seu marido disse que ia ancorar e esperar que o tempo melhorasse. Viu só? Eu tinha razão. Não precisa se preocupar, senhora. A senhora pode me passar o número do celular dele?".

Ela lhe dá o número e diz: "Mas ele não está respondendo. Passei o dia todo ligando e ele não responde".

"Bem", diz o faroleiro. "Talvez não tenha mais bateria. Ele já está no mar faz tempo, não? Não quero ser desagradável, senhora, mas recebemos muitos visitantes estranhos aqui. As pessoas não raciocinam mais. E aqueles barquinhos... Hoje em dia tanta gente compra um e simplesmente vai para o mar. Ainda na semana passada tive um assim, num barquinho velho de metal. Vinha direto da Noruega, não tinha dormido por um par de dias, foi parar num banco de areia. Chegamos bem a tempo. Se ele tivesse encalhado no banco, a arrebentação o teria estraçalhado. E continuava insistindo. Ele repetia que não precisava de ajuda e queria continuar velejando de qualquer jeito. O cara teve um esgotamento mesmo. As pessoas são assim, minha senhora, acham que podem tudo. Eu cresci num navio. Daí você aprende muita coisa. Mas os marinheiros de fim de semana, eles têm dinheiro, compram um barco e pensam que podem simplesmente ir para o mar."

"Ok", diz Hagar. "Eu aguardo. Obrigada. Boa vigília."

"Não precisa agradecer, senhora."

Hagar vai se deitar na cama, junto a Maria. Não há nada melhor que se deitar e sentir o calor do seu próprio filho. A respiração. A entrega. A confiança que uma criança ainda tem, quando você começa a perdê-la.

"Mamãe", murmura Maria. "Quefoimamãe?"

"Nada, querida, dorme mais, dorme."

"O papai já chegou?"

"Ele vem amanhã."

"Mas o mastro do meu barquinho... está quebrado, temos que consertar antes de ele chegar."

"Colamos amanhã. E depois o papai chega."

"Tá bom", ela diz.

Maria se vira.

Hagar mergulha num sono leve.

São quatro e meia quando ela vai para a mesinha ao lado da janela, pega o celular e envia um SMS.

De: HAGARcel

Onde vc está? Aqui no hotel agora, preocupada.

Ela se assusta quando chega um SMS. Já imaginava que ele não responderia nunca mais.

Para: HAGARcel

Não se preocupe. Probleminhas com motor + 5 hs para chegar bj

Ela olha para o visor. Está cansada. Furiosa. Por que diabos se deixou enganar por ele de novo?

Quer telefonar para Donald e contar sobre a carta de demissão, mas não telefona.

Caminha no quarto pra lá e pra cá. Meia hora. Uma hora. Então chama o faroleiro novamente. Ele diz: "Senhora, tudo vai acabar bem. Vejo agora no radar que ele está navegando. Vem vindo direitinho por entre as boias. Bom, um pouquinho para fora, mas tudo parece ótimo. Ele vem vindo para casa. Estou de olho nele. Estou com ele assinalado no radar para ver se não faz nenhuma maluquice. Pouca coisa pode dar errado agora, senhora, o tempo está excelente, ele vem exatamente junto com a maré. Isso foi bastante sensato da parte dele, esperar um pouco pela mudança do tempo e pela maré".

Hagar prepara café na cafeteira que há no quarto. O café tem gosto de plástico.

[27] **Hagar está no Noordersluis, esperando pelo marido**, que vem do mar. Maria está a seu lado. É uma manhã quente, bonita. Elas sentem o cheiro do mar. O guardião da eclusa acena com entusiasmo, abre a janela de seu escritório e grita: "Senhora! Senhora! Eu o vejo! Ele está chegando! Seu marido e seu barco vermelho. Não dá para não ver".

Maria consertou o palito do barquinho de pão com um esparadrapo. Segura o barquinho com os braços esticados à sua frente.

Então o veleiro entra no porto. Primeiro elas veem o mastro, meneando da esquerda para a direita. O mastro está estranhamente inclinado para frente. Farrapos da vela grande esvoaçam para o lado, como lençóis rasgados. Como bandeiras puídas.

O barco faz uma curva. Agora Hagar pode vê-lo melhor. A aparência do veleiro é outra de quando partiu. Do casco vermelho, orgulhoso, não sobrou muito. A tinta está desbotada e tem uma ranhura de ponta a ponta, como se alguém tivesse passado uma motosserra no barco. O motor está ligado. O barco traz consigo uma bruma negra, um rastro de fumaça de diesel. É um barco ferido que entra no porto de Harlingen. É um milagre que ainda flutue.

Hagar olha para o guardião da eclusa. Ele olha de volta para ela.

O barco é uma obra de arte de arranhões e manchas, de amassados com bordas de ferrugem em volta. Uma amarra está pendurada para fora e se arrasta pela água.

Hagar vê um barco que passou por muita coisa, e no leme ela vê um homem. É o seu marido, embora tenha que olhar bem antes de ter certeza.

O homem no leme tem um rosto magro. É um rosto que Hagar não conhece. Ossudo. Como se não tivesse comido nada durante dias. Um mendigo, ela pensa. Um mendigo no mar.

O homem ziguezagueia seu barco para dentro. Navega velozmente.

"Está muito acelerado!", grita o guardião pela janela.

"Papai, você tem que ir mais devagar!", grita Maria.

O homem olha para frente, para o cais. Vê sua mulher ali parada. E sua filha?

Sua mão esquerda aperta a cana do leme, como se aquela fosse a única coisa que ele ainda tivesse. Seu punho direito está enrolado num pano de prato que se tornou marrom.

Hagar o chama.

"Donald!"

Maria o chama: "Papai!".

"Donald! Estamos aqui! Não vá tão rápido! Você está indo rápido demais!"

"Papai! Ei, papai, olhe, estamos aqui!"

Maria põe seu barquinho de pão no chão e começa a acenar. Está feliz por ver o pai de novo.

O homem se assusta. Olha para o cais. O barco desliza sobre a água. Então vê sua mulher, e sua filha. Seus olhos, tão ansiosos como elas, que estão ali esperando por ele. É como se ambas o abraçassem ao mesmo tempo. O calor de seus braços. Melhor que a luz do sol, que também se compadece dele.

Ele acena de volta. Para sua mulher, e para sua filha.

Nederlands letterenfonds
dutch foundation
for literature

*A Cosac agradece o apoio da
Fundação Holandesa de Literatura
[NederlandsLetterenfonds]
na publicação deste livro.*

Coordenação editorial Livia Deorsola
Preparação Mariana Delfini
Projeto gráfico Thiago Lacaz
Revisão Fábio Bonillo, Cristina Yamazaki e João Gabriel Telles
Produção gráfica Acássia Correia Silva

Nesta edição, respeitou-se o novo
Acordo Ortográfico da Língua Portuguesa.

2ª edição, revisada

Dados Internacionais de Catalogação na Publicação (CIP)

Heijmans, Toine [1969-]
No mar: Toine Heijmans
Título original: *Op zee*
Tradução: Mariângela Guimarães
São Paulo: Cosac, 2025
160 pp.

ISBN 978-65-5590-012-5

1. Ficção holandesa I. Título

CDD-839.3

Índices para catálogo sistemático:
1. Ficção holandesa 839.3

COSAC RANGEL EDIÇÕES LTDA.
Alameda Campinas 463 / 33
Jardim Paulista 01404-902 São Paulo SP
contato@cosacedicoes.com.br
cosacedicoes.com.br

Fonte Galaxie Copernicus
Papel Pólen Bold 90 g/m²
Impressão Gráfica Santa Marta